青春散文選

吳岱穎／凌性傑　編著

三民書局

序

在困境中讀文學

吳岱穎

❖深度閱讀能力的喪失

每次擔任導師，我都會請學生填寫個人資料表，其中包括一欄「最感困難的科目」。令人不解的是，有越來越多的學生在這一欄中填上「國文」一科，似乎在眾多學門領域當中，這個與學生生活最為相關、最深切日用的科目，逐漸成為了他們學習過程中挫折感的重要來源。

我私自分析此一現象之所以可能的原因，莫非由於網路發達，資訊流通，學生面對充斥於生活中的龐大訊息，只能作表面的解讀，而無法進入深度閱讀的層次。對此，許多國文教師與學者都以為是教改政策中文言文比例下降的緣故，因此為了教材與課綱在文白比例的編定部分大作文章。而媒體更是推波助瀾，把這個議題無限上綱，使得社會大眾普遍認為是國文教師食古不化，因堅守傳統而抗拒改革。這不僅模糊了焦點，更扭曲了問題的本質。

❖文學閱讀不等於處理資訊

無可否認的是，隨著文明的發展，通訊科技的便捷已然改變了溝通的方式。影音媒體的普及使得年輕一代習慣於影像式的直覺思考，社群網站的出現更助長了直覺式的反應。只要觀看學生在臉書上的言論，多半空洞無物，而「按讚」的行為，更把思索簡化成一種表態。理解他人的話語已然變成了不可能的任務，更何況是閱讀文學作品，體會語言文字中所蘊含的美感，領悟文章中所含藏的精妙思想呢？

當閱讀這件事情被整個時代逼退到國文課堂之上，變成國文老師的責任，主政者在教改中推出錯誤的政策，無疑是雪上加霜。課綱大幅縮減國文課的時數，減少教材的分量與難度，使得國文一科的學習只剩下字詞解釋文章結構修辭文法，再無情意的陶冶與人格的涵養，學生對課內文章既無知又無感，程度怎能不下降，又怎能不感到困難？

更加荒謬的是，教育部對解決課綱問題無能為力，卻想用國外的 PISA 評測來轉移焦點。殊不知 PISA 測驗的是最基礎的「閱讀材料以得到資訊」的能力，與我們所期望的深度閱讀相差太遠。期望透過引進 PISA 改善學生的閱讀能力，無異於緣木求魚。

❖回歸文學本身

在大環境無可改變，而錯誤的政策恐怕不會停止的情況下，我們只能夠亡羊補牢。編選這套散文讀本，便是以補偏救弊為目的，希望學生透過大量閱讀不同類型的現代散文，重新取回深度閱讀文學作品的能力。每一篇作品均有我和性傑所書寫的賞析，或者針對文章作法，或者揭露創作意圖，或者提示文學觀念、觸發不同的思考。不同於課堂上制式的閱讀，而是試圖以更輕鬆多元的方式，帶領讀者找回對於文學的喜愛。

當我們回歸於文學本身，我們必然能夠了解，是文學使我們認識人性，認識每一個個別的人。它幫助我們理解世界，也理解自己。使自我擴大與提升，走出混沌蒙昧，讓我們更加完整。在文學之中，我們可以感受他人的感受，遭遇我們這一生不會遭遇的種種，因而有了更加完整的同情與悲憫。我們可以因為卡謬的《異鄉人》了解存在的困境，因為莎士比亞的悲劇體會人類面對命運的無奈，因為蘇東坡的詩文感受到精神如何突破政治現實的挫折，因為《紅樓夢》理解俗世人情的無常與有限。

總之，在閱讀文學作品的過程中，我們突破了作為一個現實的人的侷限性，抵達了人類總體經驗與命運的總合。這也就是文學最重要的核心價值了。

希望這本書能夠成為那個閱讀的起點。

目次

卷二・生命如何說明

卷三・當我們討論……

卷一・記得那一些

去了遠方，致 Kris

廖玉蕙

Dear Kris：

前些天，搭22路公車到臺大醫院站換208路車，想到北美館參觀畫展。下了22路車，稍一恍神，竟信步轉進臺大醫院裡，想去看看你，等回過神來，不禁一陣黯然。蔡伯伯出院在家，是我清清楚楚知道的，但是，Kris，你已然離開臺大醫院的事，卻是常常被我刻意遺忘的。我老記住最後一次看見你的那個清晨，你躺在醫院加護病房中，戴著那頂像小兔般的帽子、圍著圍巾、穿著你最喜歡的黑毛衣，安靜地閉著眼睛，像進入沉沉的睡夢中。那樣安詳的容顏，好像告訴我們安然睡去是一件多麼甜美的享受。

Kris！我聽到你臨去時勉強睜開眼，皺著眉對半蹲在你耳邊說話的媽媽說：「不要再叫我好嗎？」我們決定聽話地不再呼喚、挽留你，讓你悄悄地進入夢中。那時，我偷眼看見兒子含淚退據病房的一角，倔強地不肯讓眼淚落下。大夥兒都感同身受你的痛、你的苦，經過一年的苦戰，說是棄械投降也罷，說是彈盡援絕也行，總之，美好的仗你已經打過，雖然到頭來還是一場空，但我們甚至慶幸你終於鬆手，不再苦撐！事實上，我從沒見過像你一般堅強的人，歷盡多少肉體上的痛苦，捱過多少精神上的折磨，即使被隔離在幾乎是非人所能忍受的無菌室裡，自始至終，沒聽你聲言放棄。

Kris！一直以為還有許多機會認識你的。

兒子總告訴我你是一個多麼特別的女孩！有見識、勇於表達自我，絕不盲從隨俗，是一個多麼有個性的女子！他老覺得我們應該愛你一如愛他，我總回他：「放心！只要你愛的女孩，爸媽一定會設法愛她！」他聽了，很不滿意，覺得「設法」二字帶著被動的勉強意味兒！但是，蔡媽媽也有我的苦衷。

兒子第一次帶著你到家裡來時，家人都吃了一驚！你的皮膚黑，眼睛大，跟在兒子身邊，露出半邊身子，姿態看似畏怯怯的，表情卻又顯然不怎麼願意搭理人。說不出是太健康還是不大健康，也不知是膽怯抑或目中無人，總之，跟兒子過去交往的女友，形象相去太遠。幸而黃昏時分，光線有些不清不楚，正好遮掩我們不自在的表情。

兒子的交友，通常會循一個固定模式發展，看對眼，約會，感覺對了後，帶回家先認識家人。所以，女友大約會在交往後的一個月左右，我們就可見到本尊。這回攜回的女友，憑良心說，讓全家人都有些失望，事後，晚歸的女兒回述她對你的第一眼印象也說：

「沒料到她竟盤腿懶懶倚坐在沙發上，一副滿不在乎的神情。」

經過一段時間的接觸後，我們才慢慢對你有進一步的了解。

你從小在國外長大，爸爸原本擔任駐外武官，從軍職退休後，在大學裡教書。他奉派回國後，你獨自滯留國外，繼續未完成的學業。也許是個性，也或者是獨居在國外，光是最基本的吃食，就跟我們有很大的差距。挑食，對炸雞、薯條等洋食物則幾乎來者不拒；但對米飯、臺灣菜好像興趣缺缺，吃得很少。所以，在燠熱的廚房內揮汗奮戰，請你在家吃過幾次飯後，見你沒夾什麼菜，我就放棄了。其後，我總提議出去吃。那段時間，全家人著迷吃義大利餐，為了表示誠意，特地挑選高檔義大利餐廳。連吃了三回，因為吃得開心，也沒注意，兒子又偷偷告訴我：「Kris最討厭吃義大利麵。」光是在食物上，我就棄甲曳兵而逃。何況，你看來頗不擅長與長輩相處。作母親的，總希望將來跟兒子攜手同行的女孩，最好有像太陽一樣的笑容，而你一逕眉頭深鎖，彷彿對這世界有許多我們所不了解的意見！而不知是語言隔閡或怎的，我說的再有趣的笑話，你也從未有過預期中的反應。如今，我們終於了然，老天果然是負了你的深情厚意，在你短短的三十二年生命中，你絕不柔色應酬、絕不諂笑逢迎，即使是對你最愛的親人、男友，甚或你非常在意的男友家人。但是，你如此低姿態的面對病魔，病魔卻無視於此，無情地展開攻擊，任你手無寸鐵地徒手頑抗，難怪你愁眉不展！這世界果然虧待了你啊！

這些日子來，我打開兒子為他爸爸病中無聊所錄影片的大磁碟，發現其中也有一輯錄給你的影片，其中最多的竟是卡通。兒子說你最喜歡看卡通。中夜，我的手指在這些卡通片中游動，不禁默默流下淚來。看似憤世嫉俗的Kris，原來軀體中偷偷藏了一個頑皮的小靈魂！是怎樣的環境、怎樣的遭遇，讓這顆頑皮的心必須密密隱藏，不輕易外露？是中西文化習俗的衝擊讓你失措？是自小離家在外、面對外界所必須築起的防護牆所導致？是那樣的不安全感，使得你無法在我們面前開懷地大笑嗎？

曾經，你鄭重地拿著筆記本和原子筆，來到我的面前，害羞地探問有關寫作的諸多問題。兒子說，你喜歡寫作，他要努力賺錢，給你買一幢屋子，讓你專心的坐在明亮且飄著美麗窗簾的窗前寫作，一圓你當職業作家的夢想。他驕傲地告訴我：「Kris的文筆是很好的！只要她認真寫，一定能成為好作家。」雖然，當時，我婉轉的暗示你，在臺灣並沒有當職業作家的環境，想靠寫作維生是非常困難的，但也不免為你的堅定意志所感動。

其後，兒子辭職前往南美，聲稱去壯遊以增廣見聞。兩個月後，你也辭去英文教職，奔赴天涯相隨。一篇篇的中文或英文網誌相繼出現在部落格上，我細細閱讀之後，大為驚豔，發現你果然非常有寫作的潛力。我除了高興終於有了競爭的同行外，還抽空逐篇幫你勘誤錯字，也曾寫 email 鼓勵你繼續加油。聽兒子說，你收到我的信好高興！也更有了信心。他說：「Kris 天不怕、地不怕，就怕你。因為她敬重你是作家！」我半開玩笑地告訴兒子：「哪是這樣！恐怕是因為我是你的媽媽吧！……你叫她別怕！我是很好相處的婆婆！」哪裡知道，戲言尚未成真，病魔就在不提防間來襲，其勢洶洶，毫不留情，那是你們出國接近一年後返臺沒多久的事。

那真是一段不堪回首的歲月。你的父母與兩位姊妹幾乎全心投入救援，姊姊甚至辭了工作專心陪伴。那一年內，兒子下班後的時間也幾乎都在臺大醫院度過；而我們愛屋及烏，也跟著焦慮憂心。蔡伯伯和我多次不辭登上六樓的辛苦，運送好幾大包的泥土到你們住處的陽臺上，種下兩株你最愛吃的絲瓜及一盆美麗的黃蓮花。蔡伯伯還頂著豔陽，插竿、拉鐵絲網，為絲瓜規畫攀爬的路線並營造舒適的家；我時間、體力皆有限，只能在學校下課回家後的黃昏，匆匆燉個雞湯或你喜歡的絲瓜湯，差遣女兒送去；或偶爾做幾道菜給陪病的陳家姊妹換換口味。這位被戲稱是送飯小天使的女兒，得知你已被隔絕在無菌室，等待骨髓移植時，還深情的連夜趕做海報，張貼在你視線可及的病房外的小小窗口上，上頭寫著溫暖的字句，希望能給在無菌室內孤軍奮戰的 Kris 姊姊捎去關切，為你加油打氣。

骨髓移植手術過後，正當大夥兒都充滿希望的期待陽光來臨之際，蔡伯伯卻在健康檢查中驚傳罹癌，無疑雪上加霜。我們就在臺大醫院的十一及十二樓病房中穿梭，好消息和壞消息在短暫時間內交迭出現：今天 Kris 氣色轉好，蔡伯伯全身藥物過敏起紅疹；明天 Kris 白血球降得過低，蔡伯伯尿色太濃；後天，蔡伯伯胃口變好，Kris 因便祕痛苦不堪……每一天、每一個小時的變化都宰制著大夥兒的情緒，悲歡瞬間輪替，臉上的表情往往趕不上病情的驟變，說不出日子過得有多驚心動魄。

九月初，你坐著輪椅，由兒子推著，夥同你的姊姊和妹妹一起下到十一樓來探視蔡伯伯。是個午後，單人房內雖然一下子進來四個人，幸而還不顯擁擠。兒子好意將輪椅轉了方向，以便讓你能正向面對蔡伯伯，你卻生氣地大聲嚷嚷：「不要轉啦！頭很暈哪！」我和蔡伯伯交換了眼神，心裡嘀咕著：「喝！雖然經歷一場大病，卻氣性依舊。」一切定位後，大夥兒開始東南西北地聊起來。那些天，蔡伯伯正在病床上看著齊邦媛教授寫的《巨流河》，不知什麼原因，平日沉默寡言的他忽然拿起隨手記錄的筆記本，大聲地朗讀起其中所引的英詩來。這個舉動堪稱破天荒！平時惜「言」如金、甚至不肯在我們面前說英語的蔡伯伯，居然在熟諳英語的三姊妹前朗讀起英詩來了！這真是嚇壞了我們家母子三人！我們張口結舌，面面相覷，根本沒注意他所念的英詩究竟說些什麼。直至你過世後的某個夜晚，我裹著厚重的外套窩坐檯燈下閱讀《巨流河》，那個黃昏蔡伯伯頗具節奏感的念誦，陡然出現在書中的第216頁，是惠特曼的〈啊船長！我的船長！〉：

O Captain! My Captain! Our fearful trip is done;（啊船長！我的船長！可怕的航程已抵達終點；）
The ship has weather'd every rack,（我們的船度過每一場風暴，）
The prize we sought is won;（追求的勝利已經贏得；）
The port is near, the bells I hear, the people all exulting,（港口近了，聽啊那鐘聲，人們歡欣鼓舞，）
While follow eyes the steady keel, /the vessel grim and daring;（所有的眼睛跟著我們的船平穩前進，它如此莊嚴和勇敢；）
But O heart! heart! heart!（可是，啊，痛心！痛心！痛心！）
O the bleeding drops of red,（啊，鮮紅的血滴落，）

Where on the deck my Captain lies,（我的船長在甲板上躺下，）
Fallen cold and dead.（冰冷並且死亡。）

我才驚覺那幾乎是一則充滿暗示性的預言。原來，同樣病臥的蔡伯伯，是藉這首詩來送別 Kris 的，雖然，蔡伯伯說他對那日自己何以一時興起大念英詩也是茫然不解。也許，冥冥中命運在宣告風流雲散，註定一生的緣會就此告終吧。同時陷入抗癌泥沼的陳蔡兩家，蔡伯伯幸運地逃過一劫，你卻失足跌入死亡的深淵。

你走的那日清晨，當載著你的遺體的車子徐徐離開我們的視線，踏上返家之途，兒子和我從徐州路轉到中山北路騎摩托車回家。兒子一路叨叨敘說著你的一切，說著、說著……說到你臨終時所受的痛苦，眼淚再也忍不住，他說：「早知道，該讓她上開刀房，讓麻醉藥減輕她的痛。」他說：「你不知道我看到她閉著眼睛猶然緊皺的眉頭，我有多痛！多麼捨不得！」我說：「我知道！我知道！」我當然知道！我知道 Kris 吃的苦，我知道兒子捨不得你的痛，我知道陳媽媽、陳伯伯還有陳家姊妹的傷心！後來，我們坐在客廳的沙發上相對垂泣。我束手無策，因為知道傷心只能靠時間來治療，沒有特效藥。

你剛離去的那些日子，我總刻意叫他回家吃飯，跟他聊聊。當他最難過的時候，我希望父母及妹妹的愛能稍稍提供一些溫度，讓他不至於失溫罹病。我怕他回到那個沒有你的屋子，會受不了，甚至想賣掉那幢讓他傷心的屋子。然而，當然也知道，當寂寞、難過找上門的時候，誰也同樣欲逃無路！就算換掉房子，也換不掉回憶。他告訴我：「到現在，我還不相信 Kris 已經離去，總感覺她還在醫院裡等著醫生批准她回家來。」

Kris，是這樣嗎？真的是這樣的嗎？……還是你已然去了遠方？

蔡媽媽上

——二〇一一年九月二日《聯合報》

廖玉蕙

東吳大學中國文學博士，曾任《幼獅文藝》月刊編輯，東吳大學中文系助理教授、兼任副教授，中正理工學院文史系講師、副教授，臺北師範學院語教系兼任副教授，世新大學中文系副教授、教授，臺北教育大學語言與創作學系教授，並為全球華人文藝協會、中國婦女寫作協會理事。自教職退休後，仍演講、寫作不輟。曾獲中國文藝協會文藝獎章、中山文藝創作獎、中興文藝獎章、吳魯芹文學獎等。

廖玉蕙的散文，多半是日常生活的感觸。她能從平常的事件中看出溫醇的深情，無論是敘述或批判，筆鋒幽默，笑中帶淚，風格樸實，頗受讀者喜愛。廖玉蕙說：「只有真心對待、不以諂笑柔色應酬，人間才有華彩；寫作也是這樣，唯有著誠去偽，不以溢言曼辭入章句，文章才有真精神。」此語可為其文章之註腳。

著有散文集《純真遺落》、《不信溫柔喚不回》、《如果記憶像風》等四十餘冊。作品被選入國、高中國文課本及多種選集。

文字風景

歷來悼亡的作品很多，或為親眷，或為友朋，身分明白，但是如本文一般，悼念兒子女友的作品，卻是絕無僅有。一方面是身分未定，交集有限；另一方面則是以長言幼，即使是準媳婦，寫來都未免尷尬。

廖玉蕙這篇作品巧妙地以書信的形式，避免了這種尷尬的感覺。開頭因事起興，由於下意識走進醫院，使得原本刻意遺忘的事實重新回到腦海，引起一連串的追憶。作者初見女孩時留下的印象不是太好，但因為愛與承諾，她努力去發現女孩的好處，這其實就是一種愛的延伸與完成，後來果然也慢慢扭轉了原本的感覺，知道了女孩的真性情與才華。正當關係變得融洽，病魔來襲，一樁美滿的姻緣竟隨之破碎了。

我想，與其說本文是為了悼念死者，不如說是為了安慰生者。作者處處透露自己「愛人所愛」的心情與態度，其實是希望慰藉兒子的心靈。藉由此文，我們或許可以對母愛有更多的認識。

那朵花，那座橋

李 黎

花，是一朵還不知道名字的花；橋，是一個異國小城邊上，一座並不著名的橋。

剛唸完大一的晴兒，高中最後兩年開始打暑期工，算算已經連著三個暑假都沒有閒著。今夏在矽谷一家導航儀器公司工作，雖是實習生可還是領薪水的，讓他頗有成就感。作為嘉獎兼慰勞，爸爸媽媽決定去日本公務旅行時把他帶上，時段正好是他打工完畢、開學之前的兩個星期。

晴兒小時候去過日本，但記憶裡的印象已經不深了，而且跟著大人走，對地方景點更是毫無概念。這次決定讓他也有些發言權——何況他在高中修過幾年日文，雖然從未聽到他開口應用，但說不定緊急時刻也能派上用場呢，於是問他想看些什麼地方？出乎爸爸媽媽意料之外的，他說：東京附近有一處地方，有一座橋，想去看看。

看橋！這可是媽媽長久以來的興趣，而他從來就沒有對媽媽的興趣表示過興趣。這是怎麼回事？

他有些靦腆地，又有點故作漫不經意地說：是一個日本動漫電視影集，用了一個東京附近的小城作故事發生的地點，片頭是一座橋，裡面的人物也經常在橋上活動。他想看看那座橋真實的模樣。

媽媽問他可知道那個小城和橋叫什麼名字？他找出兩個漢字：「秩父」。是地名，也是橋名。對日本地理還算得上熟悉的媽媽說：從來沒聽過這個地方呢。GOOGLE 一下，屬於一個也是沒聽說過的埼玉縣，距離東京市區不算很近。

跟當今很多美國青少年一樣，晴兒從高中後期也迷上日本動漫。而媽媽對日本動漫僅有的知識來源和喜好只有一個：宮崎駿。可是這位漫畫家的作品題材和風格多半帶著濃厚的歐洲風味，而生長在美國的晴兒最喜歡的動漫竟然並非宮崎駿那一路，卻是些非常日本風格、完全是現代日式生活的題材。這就使得媽媽感到好奇：那些日本動漫說的是什麼故事，吸引了這些文化語言迴異的少年？

於是晴兒為媽媽下載了一部十一集的動漫連續劇，名字很奇怪，很長，翻譯成中文是《我們仍未知道那天所看見的那朵花的名字》（あの日見た花の名前を僕達はまだ知らない）；不過也有簡稱，就是《那朵花》（あの花）。

兒子願意讓媽媽一窺他只和同齡朋友分享的嗜好，甚至有興趣想要知道媽媽對這部動漫的意見，令媽媽簡直有些受寵若驚。平日總覺得連續劇太花時間而很少沉浸其中的媽媽，一方面為了討好兒子，同時也好奇是什麼因素吸引了這些少年，於是斷斷續續砸下了幾個小時，看完了生平第一部動漫連續劇——當然，有不少片段是快速跳著看的，不過媽媽沒敢跟兒子坦白。

看到最後的完結篇時，媽媽隱約有點懂得了。

一開始出現的是個邋遢頹唐的男孩，名叫仁太。他該上高中了，可是不去上學卻躲在家裡打電玩；他曾經有過一群好朋友，還是其中意氣風發的領頭，可是現在大家已經疏遠，有的甚至瞧他不起、不相往來了。有一天出現了一樁怪事：一個曾經是他那群好友中最可愛的、幾年前卻因意外而去世了的女孩，忽然出現在他身邊——當然，她是個鬼魂，因為她確實已經死了，而現在只有仁太看得見她。這個女孩子（好友們當年都稱她的綽號「面麻」，就是日本拉麵裡的筍乾）也長得跟仁太一樣大了，但衣著神態和可愛善良依然跟當年沒有兩樣。她的忽然出現倒不是為了嚇人，而是希望在投胎轉世之前完成一樁心願……

於是十一集的劇情就此展開：五個昔日夥伴，各自帶著喪友的創痛和負疚孤獨成長，刻意與老友冷淡疏離，同時穿插昔年女孩未死之前，這六名好友（三男三女）小時候的種種往事；時而活潑幽默、時而溫柔憂傷的調子，配著柔美而寫實的背景畫面（都是埼玉縣秩父市這個地方的實景），生動地（也不免帶著動漫的誇張）描繪了這幾名少年，在看似冰冷叛逆的外表之下，他們柔軟受傷的心靈，如何被一個善良的故友的鬼魂癒合。最後在「面麻」將要永遠告別之際，他們為她圓滿了她的心願：大家振作起來，重新繼續做永遠的好朋友。

看完了《那朵花》，媽媽對晴兒說：好，我們去秩父市，去看那座橋，還有那群好朋友碰頭聚會的小廟「定林寺」，還要吃一碗有「面麻」的拉麵……。晴兒說：最後一項可以免了，我不喜歡筍乾。

母子倆住在東京的新宿，需要先搭地鐵去池袋，再從那裡搭乘火車去秩父，至於到了秩父下了車，怎麼找橋找寺還沒概念……不管了，到了再說吧，反正媽媽會認漢字，晴兒會問路，母子倆應該不至於迷路丟人。

雖然是停站很少的特快車，還是走了將近一個半小時；最後一段好像是反方向上山，估計這個地方的地勢很有些高度呢。出了秩父西武站，一眼就看到對街的「秩父觀光情報館」，進去發現不僅資料齊全，還有中英文的地圖和城市介紹。最令晴兒驚喜的是竟然也有《那朵花》連續劇的景點地圖，詳細列出影片各集裡的實際地點。母子倆研究了一下，秩父市雖不大但也不是小到可以僅靠步行的，最好是搭公車。櫃臺後面的服務人員十分熱忱，用生硬的英語指點我們到哪裡搭車、在哪些站下車。

母子倆上了公車，按圖索驥，看到「札所十七番」的路牌便按鈴下了車，逢人便問「定林寺」在哪，卻沒有一個人說得準。在秋老虎中午酷熱的太陽下走了不少冤枉路，兩人滿頭大汗幾乎要放棄了，忽然看見一堵眼熟的磚石牆和牆前一張眼熟的藍色長凳，母子不約而同的說：「仁太的凳子！」然後出現了一個狹長的花圃，小小的牌子上註明是《那朵花》的花園，那麼這一帶正是定林寺前的那片斜坡地，猜想定林寺應該不遠了。果然，彎進一條小路下行不久就看到了那座樸素的小寺廟，跟影片裡一模一樣，熟悉到好像曾經來過似的。然而這裡是那些孩子們聚會商量事情的地方，臺階前卻沒有坐著站著的孩子，沒有他們的話聲笑語……太安靜了，令他們漸漸感到有些不像了。

媽媽和晴兒繞到後面，那兒有間小小的鋪子，一個老人家文風不動的坐在裡面。鋪子裡陳列著一般寺廟都有的吉祥符、小掛件什麼的，還有別的寺廟絕對沒有的——《那朵花》的小紀念品。媽媽挑了一塊祈願木牌，上面畫的「面麻」睜著大眼睛，俏皮地微笑著。

回到大路上等了不多久就來了一部公車，上車後跟司機指著秩父橋的圖片，司機點點頭。到了橋前發現根本不必打招呼，那座就跟影片上的圖像一模一樣的橋，怎樣也不會錯過的。

走上橋才發現這是一座可通汽車的「斜張式」公路橋，有著雖不高但很顯眼的橋塔和鋼索，而專供步行的舊秩父橋就在旁邊。母子倆走上舊橋，看碑文才知道原來是一座頗有歷史的老橋，最早的橋基建於明治年代，曾是早年「江戶巡禮古道」的通路；現在這座已是第二代橋，有八十多年歷史了。欄杆和橋身都很美麗，不到一人高的橋柱上立著古雅的燈籠式的路燈，橋面鋪著紅磚，還有花壇和日式園林裡的觀賞石，襯著背後新橋的橋柱和鋼索，很上鏡頭。難怪《那朵花》的片頭都用這個景點，六個小孩在這裡奔跑歡唱……

憑著橋欄眺望，母子都很安靜，也許都在想著劇中同樣的景象，想著那幾個子虛烏有、然而是多麼活潑可愛的孩子，三個男孩三個女孩，都有各自的個性、各自的優點和缺點，像世間任何一個孩子一樣……不，有不一樣的，至少，其中的一個──早逝的孩子。

晴兒是個幸運的孩子，他從出生到現在上了大學，都住在同一個小城同一棟房子裡，所以他的朋友中有從幼兒園時代就交上的。小時他兩個最要好的小朋友，都是有著藍灰色眼睛的小男孩，一個叫威廉，一個叫艾里克。他幼稚園那年就跟威廉同班，一直到高中都同校；艾里克則是小二開始同班的，課後又都在同一個安親班裡；加上住得近，媽媽們後來也都熟了變成好朋友。學校有什麼活動常常是三個媽媽輪流開車，帶著自己的一個然後去接另外兩個；我腦海裡至今還會浮現小威廉在他家窗口熱切的等待著我的車開近然後飛奔出來，就算幾個小時前才見過面，三個小男孩在後座還是又嚷又笑的興奮莫名。媽媽們親暱地稱他們「三隻小猴子」。

小猴子會長大，有了各自的性格和興趣，雖然在媽媽的記憶和印象中他們還是親密無間的好朋友，其實成長已經緩緩地、漸漸地把他們疏遠分隔了——他們自己一定知道，只是媽媽們無法意識到。三五年的時間對中年的媽媽似乎短暫迅速，除了孩子的身高之外幾乎難以覺察其他世事的變化，然而對他們卻是一段夠長的成長歲月，長到足以把孩子變成一個完全不一樣的陌生人。

漸漸的，晴兒有了自己的興趣自己的朋友，跟威廉雖然還在同一個游泳校隊裡，但媽媽注意到即使練習完了同車回家，也不再像從前那樣大聲說笑，而只是像普通朋友那樣淡淡交談，更不會留下來一道玩了。他跟艾里克原先組了一個小樂隊，可是因為兩人對歌曲的選擇和品味不同，也漸漸不再一同練琴了。媽媽們還是常約了一道喝個咖啡或者吃個午餐，慢慢習慣了孩子不再黏在身旁的日子，但話題總還是會帶回到各自的兒子的近況：長得高壯英俊的威廉很有女孩緣；艾里克又組了一個樂團叫「黑天鵝」等等。其實這些我都聽晴兒提過，雖然他們不再玩在一起，但到底還是在一個校園裡，又有許多共同的朋友，並非完全生分的。

事情發生在晴兒高三那年。剛開學一個月，那個秋天的早上，晴兒才搭上去學校的校車，我接到艾里克媽媽的電話：威廉出事了。

我一直很難回想描述那個早晨。記得我立即播了晴兒的手機，告訴他：他很快就會聽到威廉的事，但媽媽要做第一個告訴他這個消息的人，讓他有些心理準備。這樣可怕的消息，從媽媽的口中聽到，可能不會像從其他人聽到那樣殘酷。

威廉自殺了。前一個夜晚的深夜時分，在學校附近的火車平交道上。

他是在家人都睡下之後，偷偷潛出家門，騎上腳踏車去到平交道的。他把車停在路旁，然後躺臥在鐵軌上，靜靜等候末班火車疾駛而來……

那天上午我去威廉的家。在那天之前，我以為自己多少知道如何安慰喪子的父母親，但那天面對威廉的父母親，我竟然無言以對了。我不知道世間有沒有更難以回答的問題——當作父母親的被問到：「你們的孩子為什麼自殺？」威廉的爸媽只能說實話：「我們不知道。」最最難回答的問題是那些沒有問出口的、但顯然是人們一定想問的：「真的嗎？怎麼可能？你們到底是什麼樣的父母親啊？」當然沒有人忍心當面問出那樣的話，但猜測和耳語具有同樣的殺傷力。威廉的爸媽在遍體鱗傷的時候還是希望知道：為什麼？誰都知道威廉生長在一個快樂和睦的家庭：樂天的爸爸、隨和的媽媽、伶俐的妹妹，夏天時一家人開著休旅車出門露營，冬天到夏威夷的度假屋過節，星期天上教堂……到底是為什麼呢？合理的推測不外是青少年的憂鬱症，但威廉從小就是個過動兒，調皮搗怪，難以相信他有憂鬱的一面。對於其他的妄測，艾里克總是激動地為朋友澄清，說他知道威廉，絕對不是嗑藥的孩子！

我知道世間沒有能夠安慰這對父母親的話語，所以我只是常去探望他們，聽他們說話——如果他們想說。我總是帶一大盤叉燒蛋炒飯去，因為威廉喜歡，威廉的妹妹也喜歡。我靜靜陪威廉的媽媽坐著，客廳桌上放著威廉的照片，從小到大，在「三隻小猴子」那張裡，威廉瞇著他藍色的眼珠子笑得多麼開心……

威廉的追思禮拜那天我在國外，晴兒自己去了。後來威廉媽媽告訴我：她給了小朋友們每人一張卡片請他們寫幾句話給威廉，結果晴兒密密麻麻寫滿了卡片的兩面……晴兒從來就不是個擅於用文字或語言表達感情、尤其是深沉而難以啟口的感情的少年。當我讀著那些話語——那些對童年美好的回憶、對多年好友的深情與讚美，對成長的惶惑，對生活和生命種種疑問的無解，對朋友不告而別的不捨與哀傷……我急切的讀著又不忍卒讀。我原以為他們已經不再是好友，也許震撼和傷害不會那麼深……我竟然大錯特錯了。

高三那年是困難的一年，課業繁重，要開始準備申請大學，而晴兒和艾里克就在那年首次經歷著他們從出生以來最困難的時日。媽媽在旁邊只能暗暗心疼卻使不上力，孩子像緊閉的蚌殼，痛苦無從宣泄，每當媽媽試著小心翼翼的提到威廉卻總是碰上一道沉默的牆壁。晴兒和艾里克再也不玩在一起了，有時我開車經過威廉家那條小街，恍惚覺得三隻小猴子還擠在後座說笑，但我知道那些情景正如他們永不返回的童年一樣：永遠不再。

永遠不再的童年，秩父舊橋上，六個天真活潑的孩子在奔跑；然後，下一個瞬間，時光已經流轉，五個各懷心事的少年緩緩走過，後面靜靜跟著一個永遠不再的女孩的鬼魂。

媽媽對晴兒說：很美的橋，我喜歡。晴兒笑了笑。媽媽注意到橋那端有個小餐館，名字很雅，叫「見晴亭」。媽媽說：你看，這橋也跟你有緣，你的名字都在橋端呢。晴兒又笑笑。

「還想看別的地方嗎？」走回大路，媽媽問晴兒。

「不必了。」晴兒說，「我已經看到我想看的了。」

媽媽輕輕的說：「我想，我知道你為什麼要看這座橋了。」

「我想妳是知道的。」晴兒說。

他們上了開往火車站的公車。車子經過一條熱鬧的市街，路邊掛著許多彩色繽紛的旗招，大眼睛的「面麻」在花叢中開心地笑著，她已經成為當地的觀光親善大使了，秩父市因為《那朵花》和面麻而聞名；聽說《那朵花》已經改編成兩小時的動畫電影，明年(2013)就會上映，到那時秩父會更有名，動漫迷會從全國各地遠道而來——不過像這對來自美國的母子大概還是不會太多吧。媽媽看看兒子，兒子看著窗外。

到了車站，正好十分鐘之後有一班快車去東京。坐在車上，媽媽想起來，說：電視劇裡，那兩個後來上了好學校需要通學的孩子，不就是坐這班車嗎？晴兒說：噯，是啊。媽媽取出相機檢視今天一路拍的照片，看到拍得好的就遞給晴兒看，晴兒對他自己的影像只是淡淡的一瞥，只有對橋的那張多凝視了片刻。

媽媽想：他來了，看見了，記住了；沒有留下什麼也不用帶走什麼。

車窗外的風景飛也似的掠過，童年在身後，成年在未來，這段哀樂少年歲月裡，有些朋友沒有能夠一道走下去，就像有些花朵沒有來得及知道名字，有的橋沒有能夠一同跨越……成長就是學會用自己的方式去紀念，去療傷，去繼續走。晴兒以後人生漫長的路，媽媽最多只能陪他走到橋頭，目送他跨過，一座橋，又一座橋。

——二○一二年十一月十四日《中國時報》

李黎

本名鮑利黎，高雄女中、臺大歷史系畢業，後出國赴美就讀普度(Purdue)大學政治學研究所。曾任編輯與教職，現居美國加州從事文學創作。曾獲《聯合報》短、中篇小說獎。著有小說《最後夜車》、《天堂鳥花》、《傾城》、《浮世》、《袋鼠男人》、《浮世書簡》、《樂園不下雨》等；散文《別後》、《天地一遊人》、《世界的回聲》、《晴天筆記》、《尋找紅氣球》、《玫瑰蕾的名字》、《海枯石》、《威尼斯畫記》、《浮花飛絮張愛玲》、《悲懷書簡》、《加利福尼亞旅店》等；譯作有《美麗新世界》。

李黎的憶舊悼亡文字，總是催淚的。《悲懷書簡》裡，她是一個痛失愛子的母親，面對人生無常之痛，記下苦難與徬徨。她說：「悲傷可以化為思念，化為了悟，化為慈悲。」她用文字儲存「失去」，留下了無盡的珍惜。

〈那朵花，那座橋〉細膩動人，從動漫影集談起，接著敘述一趟旅行、一段與失去有關的友情歲月。她不厭其煩地介紹日本動漫電視影集《那朵花》，這部描述友情的影集促使她與晴兒展開旅途。《那朵花》描繪幾名少年，冰冷叛逆的外表下，「柔軟受傷的心靈，如何被一個善良的故友的鬼魂癒合。」這似乎暗示，那些已經離世的親友，或許會用某種記憶的連結治療自己的人生。於是她與晴兒來到離東京不遠的埼玉縣，探訪影集中的那座橋。晴兒與威廉、艾里克為幼時好友。然而，威廉自殺了，在學校附近的火車平交道上臥軌……原因無人知曉。

李黎知道晴兒心中的感傷，以及為什麼一定要千里迢迢探訪那座橋。關於失去，關於如何面對未知，他們或許已經想過一回又一回。李黎文章結尾如此真摯，分享了生命的積極與清朗：「成長就是學會用自己的方式去紀念，去療傷，去繼續走。」

吃花的女人

高自芬

大雪中，庭院的紅山茶頂著飄飄白雪，一層層花辦透著殷紅，彷彿為自己的嬌豔而害臊。今年的雪降得早啊！伊回過頭來，對我一笑，眼睛像嵌了寶石閃閃發光。突然，啵落一聲，山茶花整朵掉了下來。

每年，紅山茶都在等待降雪的瞬間。

我們從雕花的窗櫺邊回到餐桌，開始注文。

這是多遠的一處深山呢？

伊開著車，轉來轉去，忽然轉進山間小路，顛簸一陣，拐彎，在這家古老的料亭停下來。天漸漸暗了，兩側花籬長長延伸，紅山茶綴滿油亮的綠葉子，一溜花牆映照黃昏的蒼茫。穿著素淨和服的女人迎上來，洗練俐落，引入廂房，然後奉上一鍋豆腐湯。

正確地說，應該叫「湯豆腐」吧。

一鍋湯豆腐是一張溫暖的床。

長久以來，京都嵐山嵯峨野馳名的料理，就是這鍋淡淡的湯豆腐。湯汁無色清澈，隱隱錯綜了繁複多樣的香料，捧起來，輕啜一口，啊！太感動了！據說它帶著濃濃的禪意——由清淡的口味中，品賞人生滋味，重新發現生命的單純美好。

為了慶祝，伊選擇在這兒和我共進生日大餐。

幾歲啦？

忘了！

至少有……了吧？

我伸出一隻手掌，晃一晃，像一片大大的八爪葉，想逗笑伊；指縫的空隙遮不住伊臉上隱伏的年輪。從鏤空的木窗望出去，隱約紅紅的山茶花影。彷彿人生道途的一些小插曲；說小不小，說大，也真算大。

一年來歷經的化學治療太苦了！

伊咬著牙，承受病痛折磨，親身入苦去感受，好像跟病魔玩了幾十年捉迷藏，終於被它盯上。好幾次心神耗弱，幾乎要棄械而逃時，偏偏，早年夭亡的兩個小孩又從記憶暗角復活，乾枯的影子嚶嚶泣啼，心疼著，伊傾注大量淚水溫柔灌溉，卻再也無法滋潤……。

一堂生死課業的考驗後，伊拉開窗簾，迎接陽光。

「我以生命的渴望對抗死亡的恐懼。」

偶然機會，伊讀到赫爾塔・米勒，二〇〇九年諾貝爾文學獎得主這麼說。閬暗的甬道深處，突然現出光芒。

今天的她心情平靜，上了淡妝，剛長出的頭髮也經過仔細修整。那神情彷彿三分之二的身子捨棄了，下定決心，留下三分之一去追尋生命中另一次小小饗宴；又好像颶風過後，復歸寧靜的草原，風一吹，就可以見到溫馴的小羊低頭吃草。

女侍敲敲門，送來最後一道甜點。

冰糖精釀的山茶花瓣。

白白的糖汁和著紅山茶花瓣的屑屑，真像從雪地探出頭來的「紅椿」呢——他們相信，開在深冬和早春之間的山茶花，是呼喚春天的象徵。一如山茶花的花語「理想之戀」，紅花配綠葉，襯著婉約姿形，綻放一種高潔幽雅的芬芳。

我們用木製小湯匙舀起黏黏稠稠的甜品，細嘗甘美中時間煉煮的味道。

這是一朵很老很老的花。

也是一朵很嫩很嫩的花。

嚼著花瓣，含著它的過去、未來，也吃著它的現在。

我們來到這個世界，就是為了互相親愛，走過這一生；不管是怎樣的一生。吃下花，女人是一個裝滿時間的肉體，也是一個裝滿時間的空間。

說也奇怪，我一邊吃著，忽然心情一邊變好了。酣暢淋漓，賞心悅目，百花盛開，人生多奇妙！

總有些什麼不會死去吧。

而活著，是為了發現更多更多的美好。

冬季夕陽閃爍，在這間半明半暗的小屋中緩緩流動，映出一道道粉紅的、橙黃的、銀白的亮光。

紅山茶開始唱歌了。

吃下了紅山茶的伊，血管沸騰，赤光滿面，彷彿身體裡跳躍著小精靈，紅色激流再度奔竄，露出了小女孩般滿足的表情。

一首印度古詩寫著：「無論你走得多麼遠，也不會走出我的心，黃昏時刻的樹影，拖得再長也離不開樹根。」

伊的笑容是這麼說的嗎？

我會永遠熱愛生命。

不管它已經讓我付出了多少。
我必須愛。
我別無選擇。

——《吃花的女人》，二魚文化

高自芬

出生於臺灣基隆，臺灣大學中文系畢業。曾任教師、雜誌編輯，目前從事自由寫作。她的文字清麗慧黠，充滿詩情。由於曾長期居住日本，也帶有日文輕靈的韻味。作品曾獲梁實秋文學獎、蘭陽文學獎、花蓮文學獎，並獲國家文化藝術基金會創作補助《東部來的末班車》散文集。著有《吃花的女人》、《花顏歲時記》、《表情》及《太魯閣族抗日戰役》（合著）等。

文字風景

說女人的生命如花，本已是俗濫語，但在精於花道的作者筆下，卻有了截然不同的深意與禪意。作者與友人相約京都用餐，本是為了慶祝生日，也算慶祝友人在病魔摧殘後重獲新生。雖說是記錄聚餐一事，但作者實際上只寫了兩道料理：一坐下就奉上的「湯豆腐」，以及餐後以山茶花辦製成的甜品。豆腐清淡雋永，味在有無之間；花釀味甜色豔，意在虛實之外。前者是佛家對於人生普遍性的觀照，後者卻是女性回顧自己的生命，從中發現的真實與美好。如果說湯豆腐講的是教人放下執著，作者在茶花釀中看到的，便是正視生命本身，重新認識屬於女性的這個「我」。看似悖反，其實說的還是同一件事：時間。

將近半百的兩個女人，青春迢遙，或許真是「很老很老的花」。但因為有愛，愛世間萬物，愛生之渴求——愛是最大的包容——過去現在未來一時朗現，似舊實新，所以也就是「很嫩很嫩的花」。在山茶的花語裡，女人有了期待與想望，世界有了嶄新的美好，不如此則無以面對生命本身包含的磨難。或許這就是文末作者說「我必須愛」、「我別無選擇」最深沉的原因了。

文中幾處直寫日文漢字，如「注文」、「湯豆腐」，使文章帶有東洋風情；而大量如偈語般的短語獨立成段，也是日文特色。而「伊」、「親身入苦」等具有臺語韻味的用字，使得本文讀來搖曳生姿，充滿意趣，也值得細細品味。

書包

宇文正

從賣場洗手間出來前，瞥見掛鉤上掛著一只迷你版「北一女」書包，前面的人忘了帶走了。若放著不管，怕被下一位使用者拿走，幫忙拿去服務臺吧。手心托著這只小書包，站上電扶梯，小小的書包，居然沉甸甸的，大概裝了錢包、鑰匙、手機之類的東西吧。丟的人應該會很心痛，據說是很難買到的。

臺灣到底什麼時候開始流行這種小書包呢？聽說現在高中校慶流行販賣小書包做為紀念品，北一女的小書包，想必更是搶手。在小書包流行之前，書包成為話題是因為兩年前總統夫人周美青女士背著臺東都蘭國小的書包，讓這書包爆紅。這所學校一九〇八年便已建立，專收原住民孩子，至今學童仍以原住民孩子為主，畢業典禮上，會聽見阿美族語的感恩詞。都蘭國小的書包有紅、綠兩色，被暱稱「小紅」、「小綠」，總統夫人一背，網路上一時一包難求。

在此之前，我看過最愛背書包的，大概就是詩人們了。我有好幾位詩人朋友喜歡背書包，我常揶揄他們假扮大學生，裝年輕！二〇〇八年詩人路寒袖任職高雄市文化局長時，還策辦了一個「作家書包展」，要我提供一只常背的書包供展。我說我沒有書包啊！他說：「妳裝書的包包，就是妳的書包。」我只好把我當時常背的一只黃牛皮大包包郵寄過去。這應該不算矯情，我出門總有隨身帶本書或稿子的習慣，時髦女性用的小皮包常令我茫然：那能裝什麼？我的包包最好能裝得下A4的稿件，有時還要塞一瓶礦泉水，出門老像是遠行。後來我去看了那個展覽，別人提供的多半都是想像中的真書包。我說：「看吧，只有我是魚目混珠！」路寒袖馬上送我一只文化局製作的書包，鮮紅色，紅得很漂亮，右下角印著：「逛鹽埕，找高雄」，他說：「這個紅書包很搶手，女生最喜歡了！」

我還是沒把那個書包背出門，太醒目了，我不習慣這麼亮的顏色。後來詩人焦桐送我一只二魚出版社製作的黑書包，邊角印著紅色篆體陰文的「二魚」字樣，很古雅，也低調的多，有一陣子我便常背那只書包出門。背著書包，人好像真的年輕好幾歲。

年初的國際書展，我背著那只書包逛展，來到印刻出版門市，被眼尖的印刻朋友一把抓住：「妳為什麼不背印刻的書包呀？」咦，「我從來就沒有印刻的書包啊！」於是，我又得來一個同樣是黑色、印著紅色「印刻」兩字的新書包。可有了兩個黑書包，我反而困惑：出門該背哪一個好呢？

我最應該珍藏的書包，當年糊里糊塗就送人了。那是我的高中母校，景美女中書包，黑布上繡金黃色「景女」二字。我們的校服鵝黃色襯衫配黑裙子、白皮鞋，到現在比起來，仍然是女校中相當漂亮的；而書包更別致，當時幾乎所有高中書包都是用綠帆布，唯獨景女使用材質較柔軟的黑布；但我當時並沒有太大的榮譽感，第三志願的情結，沒那麼快淡忘。我剛上大學，系上的直屬學長頗為照顧，有什麼活動都會帶上我，有次他看到別的男生背著景女的黑書包，很羡慕，而看我從來不背，隨口問了一句，「學妹的景美書包如果不背了可不可以送我？」我不假思索就答應了。

書包給出後我有一點淡淡的後悔，到底是自己背了三年的包包。但我不是太戀物的人，送了就送了吧。回想起來，一定是對那學長有些好感才會那麼大方就送他吧！畢業後從未聯絡，也不曾想起過，現在我居然還清楚記得他的名字和長相，自己也覺得意外。

那年剛剛滿十八歲，脫離了聯考枷鎖，正是飛出籠裡的小鳥，在附近圍繞的男生，都擾動我的心緒。這個學長相當瘦高，戴副眼鏡，斯文的典型大學生模樣，給人很安心的好感。我住女生宿舍，學長住在「東海別墅」。有回不知什麼事，陪學長一起回他住處拿東西，記憶中，我好像從此就對他敬而遠之。是真的「敬」而遠之！一個獨居在外的男生，房間該是什麼模樣？我已經先做了敵軍轟炸之後的想像，催眠自己處變不驚……結果，並不是場景過於慘烈把我嚇壞，完全不是的，是實在太整齊了！那房間整齊得令我自慚形穢。他找東西的時候，我還偷偷地瞄了一下，畢竟表面整齊，抽屜、衣櫃裡一塌糊塗也不無可能。然而他每拉開一個抽屜都讓我倒吸一口氣。我是那種很不會收拾東西的人，比如收傘，總是摺不漂亮，以前在雜誌社工作時，有位做事仔細的會計小姐，同行時常好意把我的傘接過去收整，大概我收的傘實在太不入她的眼，看不下去。我房間更不必說了，有時努力整理後，媽媽卻看不出來我整理過。而學長，每一個抽屜拉開，裡邊的東西彷彿都排過個子似地標兵對齊。他三兩下就找到了他要的東西，但他不知道，他把旁邊這個小女生給嚇傻了。

為什麼學長愛整潔竟把我給嚇跑，我也說不出所以然來，如果不是對自己有自知之明，或許就是一種前世的記憶吧，覺得對這樣的人最好逃得遠遠的。他再約我，我便不太單獨與他見面。我後來有時在校園裡碰見他，他就背著那只景女書包。我有些惘然，又彷彿可以看見書包裡的物件秩序井然地挨著。如果不是現在流行起書包，我大概再也不會想起他吧。

我想書包應該是外來的東西，古代好像沒有書包？電影《倩女幽魂》裡張國榮扮的寧采臣背著一個竹篋，算是他的書包吧。不過《聊齋誌異》裡沒提寧采臣的書篋，倒是跟他偶遇同住的書生燕赤霞有個箱篋，到半夜，有物「裂篋而出，耀若匹練」，閃電般一射，就把妖怪嚇跑了，原來那箱篋裡裝的是把能降妖的短劍。

古代讀書人大概都用竹篋、籐篋裝書吧。《三國志》裡提到荊州刺史胡質，說他在任時重視務農積穀，廣開水渠，死後曹操追封陽陵亭侯。書裡說他嘉平二年死時「家無餘財，惟有賜衣、書篋而已。」看來真是個清官。

讀書人出門在外，帶的也是個竹箱。《老殘遊記》裡，官府高紹殷來到老殘住處，見桌上放的幾本書，隨手揭過來一看，宋版張君房刻本的《莊子》、蘇東坡手寫的陶詩……都是希世珍書呢！而老殘淡淡答道：「不過是先人遺留下來的幾本破書，賣又不值錢，隨便帶在行篋解解悶兒。」

我不太了解西方書包的歷史，只知道德國書包超級耐用。兩德統一之前，我曾在西德首都波昂(Bonn)待過兩個多月。那時我對自己的未來徬徨不定，每天在城裡遊蕩。波昂是個大學城，走到哪，常見大學生背著一口淺黃色牛皮書包，我很想買一只帶回臺灣。我拿起一只書包試背，店員告訴我：「德國做的書包是非常耐用的。在德國，每個孩子入學時買一個這樣的書包，可以一直用到大學畢業，然後……」他頓了頓，然後什麼？

我大哥一旁幫我翻譯：「然後換一個公事包，可以用一輩子！」眼前這個店員，五十歲上的中年男子，頭髮微禿，身材尚好，他只用一個書包與公事包，向二十來歲的我，喻示人的一生？我望著他，竟感到莫名的哀傷。

我不要做公事包，我不要！於是我再度背起了書包，考完托福，到美國再念書去……

——二〇一二年一月十七日《中國時報》

宇文正

本名鄭瑜雯，東海大學中文系畢業、美國南加大東亞所碩士。曾任風尚雜誌主編、《中國時報》文化版記者、漢光文化編輯部主任、主持電臺「民族樂風」節目。現為《聯合報》副刊組主任。著有《丁香一樣的顏色》、《微鹽年代・微糖年代》、《庖廚食光》、《幽室裡的愛情》、《台北卡農》、《在月光下飛翔》、《顛倒夢想》、《我將如何記憶你》、《這是誰家的孩子》，以及為名作家琦君作傳記《永遠的童話——琦君傳》等。

文字風景

看似尋常無奇的事物，在宇文正筆下都可以煥發別致的風采。從意外拾獲小書包送交櫃臺認領說起，宇文正鋪陳的是書包裡蘊藏的歲月痕跡，與那些遙遠的青春往事。近幾年，各種款式的書包非常暢銷。書包除了可以勾起學校生活記憶，書包上的字樣也可以呈現使用者的自我認同。〈書包〉這篇文章，勾串了現在的心情與景美女中的青春印記。而不同身分的人，隨身書包裝的當然是不同的人生故事。

作者筆鋒一轉，頗有幾分遺憾。她最應該珍藏的書包，竟就送人了。那個書包的新主人，在作者的記憶裡沉寂又浮現，一段參觀男生宿舍的往事寫得歷歷如繪。文章裡插入幾筆古籍記載，亦增添不少閱讀趣味。古代典籍裡的書箧，當然跟現在的書包多有不同。至於西方書包的歷史，作者略過不談，她只知德國書包以耐用著稱。二十來歲的她在波昂遊蕩時，曾想買個牛皮書包帶回臺灣。店員如此介紹自家產品：「在德國，每個孩子入學時買一個這樣的書包，可以一直用到大學畢業，然後……，然後換一個公事包，可以用一輩子！」書包與公事包似乎喻示人的一生。宇文正何其輕巧地道出心中那份莫名的哀傷。書包與公事包的差別，一併帶出人生路徑的選擇。物品與個人生命歷程，竟能如此呼應，這是作者通透靈巧才有以致之。

朱老師

馬世芳

一九八九年夏天，離大學聯考不到一個月。我們在畢業典禮結束之後回到教室，那是班導朱老師和我們相聚的最後一堂課。發完准考證，老師說了些叮嚀的話，然後十分動情地唱起孫儀作詞、劉家昌作曲的「海鷗」，作為贈別。那是我們第一次聽見老師唱歌：

海鷗飛在藍藍海上，不怕狂風巨浪／揮著翅膀看著前方，不會迷失方向
飛得越高看得越遠，它在找尋理想／我願像海鷗一樣，那麼勇敢堅強

朱老師的歌聲嘹亮而粗獷，一句句歌詞像砸在心口的磚瓦。唱著唱著他眼眶紅起來，淚水從近視鏡片後面淌下，懸在他瘦瘦的下巴。那年朱老師甫經父喪，又費許多力氣照管我們這班五十幾個算不上乖馴的大男生，使他看上去蒼老了不少。當時朱老

師也不過三十幾歲吧，一頭長髮已經夾灰雜白，襯衫鬆鬆地套著瘦長的身子，彷彿背也駝了一點兒。

我從未喜歡過那首老氣的勵志的歌，我想我的同學們也是──十七八歲的孩子，總該憧憬一些更複雜或者更黑暗的東西（我們並不知道未來的歲月裡那樣的東西不虞匱乏）。然而那天下午在三年三班的教室，我們都和朱老師一樣哭得眼淚鼻涕滿臉都是。

朱老師教數學，是我們那所明星高中的明星老師。他在補教界更是赫赫有名，走闖江湖多年，事業遍佈南北。當然，這事不好張揚，朱老師在外面用的是化名。他總一本正經地說：那個在外面教數學的，是我雙胞胎弟弟。

不知道為什麼，這位數學名師竟被分派擔任我們這班「社會組」文科班的導師──當年選讀文科的男生少之又少：我們那一屆三十三班只有四個文組班，總被嘲笑是「『自然』淘汰的『社會』渣滓」。朱老師以前帶的都是第三類組專攻醫科那種「超級菁英班」，升學戰績無比輝煌。讓他過來教「社會組數學」這種近乎兒戲的科目，對他簡直近乎羞辱。

朱老師履任之初，毫不掩飾他一肚子「下放邊疆」的窩囊氣。開學第一堂課，只見這位長髮覆額、兩眼噴火的高瘦青年疾步踏進教室，開口就是「你們這些人渣！」然後他把全班同學吼到操場上去列隊，像教育班長操新兵那樣叫我們通通立正站好，腳跟併攏挺胸縮肛收下巴中指緊貼褲縫，洶洶罵了一整堂課。操場空蕩蕩的，只有我們班站在紅土跑道上捱罵，別班同學好奇地從教室窗口向我們探頭探腦，我們莫名其妙又羞又氣，有一種要幹什麼壞事都還沒決定就被抓去判刑的錯愕。

高中生嘛，好不容易脫離了愚騃的少年，總是自以為開了竅，個個都急著長大，偏偏還是得天天穿制服揹書包去學校報到，香菸不許抽，摩托車不准騎，限制級電影不准看，大好光陰都被隔成一格一格的課表。孩子們在那樣的壓抑中摸索出口，到了高二，各自也多少活出幾分自己的模樣了。朱老師那樣的「下馬威」，在這所多年來始終充滿散漫「自牧」氣氛的學校，自然是行不通的。幸而證諸後來的日子，我們相識那一天算是彼此關係的谷底，後來，朱老師竟變成了我們的哥們兒。

朱老師實在很「出格」，怎麼看都不符合「為人師表」的模型，正因如此，我們很難討厭他。他會在課堂上跟我們這些剛冒出喉結鬍渣的十七歲男生大談房中術，順便恐嚇我們打手槍自慰務須節制。他會約班上最不乖馴的那位「大哥」放學後換上便服跟他去植物園荷池畔抽菸談心，解決一下彼此的歧見。此外，朱老師帶了我們兩年，從來沒有提過哪怕只是一句暗示跟他去外面補數學的話，而他竟然在高三那年教會了我們這些社會組「人渣」做微積分，那是壓根兒不存在於「社會組數學」的一門課。

當時恰逢「後解嚴時代」第一波股市狂飆，朱老師的補教事業如日中天，賺了很多錢。他南北奔波趕場上課，比連續劇軋戲的演員還忙，常得打「補針」強撐身體。賺來的錢除了養家，也沒有什麼花用的心思。有一陣子朱老師居然瘋魔賭博電玩「小馬利」——那是一種構造相當簡單的遊戲機：木箱嵌著塑膠面板，棋盤格印著蘑菇、金幣、烏龜、食人花、小公主等等「馬利兄弟」寶物角色圖樣，燈號輪轉，每回輸贏不過幾把銅板。為了研究致勝之道，他不知道從哪裡專程弄來一部「小馬利」放在家裡熬夜瘋玩，之後花了整整一堂課分享心得，他說，這算是「機率」那一章的課外補充教材。

有天傍晚，我們班長揹著書包路過南昌街雜貨鋪，見到店門口板凳坐著朱老師，他瞇眼看著閃爍的燈號，左手夾著燒了一大截的菸，右手嚷喳摁著「小馬利」的下注鍵，機臺上面擺了一疊又一疊的銅板，不知道是剛剛贏來的抑或等會兒打算輸掉的。我們班長是個好孩子，站在他身後大聲說了句：「老師好！」把老師的魂都嚇飛了。店老闆、路人、騎樓下吃麵的顧客、還有坐在隔壁板凳也在打「小馬利」的阿伯都回頭看著他，露出「堂堂明星高中老師混到這裡打賭博電玩是怎樣」的表情。朱老師第二天在課堂上嚴正聲明：「以後你們只要是穿著制服，在外面碰到老師在打電動，或者做什麼為人師表不該做的事，通通不許跟我打招呼，全部給我假裝不認識，否則一定把你當掉聽到了沒有！」

高中畢業之後，再也沒見過朱老師，聽說他後來離開臺北，全職投入補教事業。聽說他頭髮已經全白，仍然會在每年臨別時唱首歌給孩子們聽。聽說他最愛唱的歌，除了「海鷗」，還有如今的孩子們怕是壓根兒沒聽過的，同樣是孫儀、劉家昌合作的「小丑」：

掌聲在歡呼之中響起／眼淚已湧在笑容裡
啟幕時歡樂送到你眼前／落幕時孤獨留給自己

如今我已不只朱老師當年的歲數，許多事情點點滴滴存在心裡，慢慢和記憶疊印起來，漸漸也明白了。若有機會再相見，我得好好謝謝當年他唱那首「海鷗」給我們這些孩子聽。那真是清澈一若碧海藍天的歲月，我們都還沒見識過狂風巨浪是怎麼回事呢。

——二〇一二年二月二十一日《中國時報》，刊載篇名〈海鷗　小丑〉

馬世芳

一九七一年夏生於臺北。十五歲因為一捲披頭四精選輯迷上老搖滾，從此夢想以文字和音樂為生。大學時代一面主編《臺大人文報》，一面在「中廣青春網」引介經典搖滾。畢業前夕和社團同學合編《1975–1993台灣流行音樂百張最佳專輯》，為樂史重要文獻。一九九五年編纂《永遠的未央歌：現代民歌／校園歌曲20年紀念冊》。二十七歲和朋友合著《在台北生存的一百個理由》，開類型出版風氣之先。二〇〇〇年創辦「五四三音樂站」，跨足社群經營與獨立音樂發行事業，屢獲金曲獎與華語音樂傳媒大獎肯定。著有《地下鄉愁藍調》、《昨日書》、《耳朵借我》。

文字風景

詹宏志曾說，馬世芳彷彿是一個老靈魂裝錯了青春的身體。或許是因為馬世芳一直關注著音樂的歷史與滄桑的回憶，才會給人這樣的印象。以往，他在《地下鄉愁藍調》、《昨日書》的書寫，以音樂為軸心，追溯時代背景，偶爾也流露幾許個人情緒。〈朱老師〉這篇文章裡，卻讓我們看見馬世芳不馴的青春，那種沛然莫之能禦的真摯。

起筆直寫他高中的班導朱老師——畢業典禮結束，老師發完准考證，說了叮嚀的話，然後唱起孫儀作詞、劉家昌作曲的「海鷗」，作為贈別。年輕男孩聽到這樣的勵志歌曲，在教室裡哭成一團。何以如此？這就是作者底下要極力鋪敘的。在那個年代裡，高中校園看似封閉保守，其實怪人異事頗多。如今不可能發生的事，在那時卻是屢見不鮮。馬世芳寫起高中時光，果然十足熱血。被視為「人渣」的一班社會組男生，與數學名師相遇了。這位鮮師以驚人的作為收服一班毛頭小子，成為高中歲月裡最重要的幾個場景。那樣的青春年代，確如馬世芳的結論所言：「那真是清澈一若碧海藍天的歲月，我們都還沒見識過狂風巨浪是怎麼回事呢。」馬世芳寫這篇〈朱老師〉時，已堂堂邁入中年了。他在文字中暗示，人生風浪迭起，對青春歲月的眷戀才更顯得深切。

青春的北淡線

郝譽翔

我望著自己的膝蓋和鼓起衣衫的乳房，立即我的思想向內彎曲，乖乖地回到我自身。我想著自己。我的膝蓋，真實的膝蓋，我的乳房，真實的乳房。這個發現很重要。

——莒哈絲《平靜的生活》

雖然是秋天了，天氣卻還是出奇的炎熱，秋老虎，絕望地要做出它離開地球之前的最後一搏。太陽斜射在教室外的長廊上，古老的木頭窗櫺浮起了一層金粉似的塵埃，我看見國文老師慢吞吞地走過窗口，拐進教室的門，而她總是這樣的，臉孔上沒有表情，也很少笑，對於上課，她似乎比起講臺下一群十六、七歲的高中女孩，還要更覺得無聊。但她在教育界卻相當有名，畢業以後我還經常在報紙上看到她的名字，最後一次是在電視上看到她，正以退休教師身分，對著攝影鏡頭，激動地爭取公教人員十八%優惠存款。

她在螢光幕上誇張的動作和表情讓我感到陌生，因為當她坐在講桌後面時，總是慵懨地，還沒有從冬眠中甦醒過來似的，也很少從椅子上爬起身。而那一天的作文課也是如此，她自己一人靠著椅背發呆，想該給同學出什麼題目才好？那時的作文還得要用毛筆寫，教室中安靜到只聽得見大家在硯臺上唰唰地磨墨。國文老師想了好久，才說，那就自由發揮吧，大家愛寫什麼就寫什麼。

我握住筆，瞇著眼，窗外的天空發出濛濛的金黃，頭一回遇到自由寫作，我的腦袋卻反倒一下子被掏空了。思緒有如脫韁而去的馬，剛開始時，還不安地在原地吐氣甩頭，踢踢腳，但發覺果真沒有任何的羈絆之時，它便大起膽來了，越跑越快，越跑越野，連我都發慌了追趕不上它的腳步。我埋頭在作文簿上瘋狂地寫起字，毛筆尖劃過紙頁唰唰地響，墨汁染黑了我的指頭和手腕，也來不及去擦，因為我正在寫自認為是生平的第一篇小說，而且必須趕著在下課鈴聲打響以前，把它寫好。我連停下來喘口氣的時間都沒有，到了後來，簡直就像是手中的一支毛筆在自動書寫似的，而我只能坐在一旁發愣。

當下課鈴響，我幾乎寫光了大半本作文簿，畫下最後一個句點，把簿子交到講桌上，好像把自己也一併交了出去，滿身大汗虛脫又空無。我這才發現國文老師早就在下課前溜走了。我木木然地收拾書包回家，然而真正的痛苦才要開始，接下來的一週，我從早到晚淨想著那本作文，回味自己寫過的每一字每一句，一直到老師終於批改完，簿子又發回到我的手中為止。我打開來，看見這篇作文卻拿到非常低的分數，極有可能是全班最低分，而評語只有一句話：這是在上課時間完成的嗎？

我把簿子啪地闔上，感覺被徹底羞辱了。但回想起來，拿低分是公平的，我自認為生平的第一篇小說，內容迂腐到可憐又可笑。那時正流行大陸文革傷痕小說白樺的《苦戀》，而我不自覺地照章模仿，寫一個年輕時投入革命，卻在歷經創傷之後才終於返鄉的男人，在寒冬深夜走下火車，踏上故鄉的月臺，大雪紛飛，落在他蒼蒼的白髮上，而寒悵的街道寂靜無人，兩旁睡在潔白雪中的屋舍，比起他當年離開時還要更加的殘破幾分，但物是人非，親友俱往矣，他已無家可歸，最後一人凍死在茫茫的雪地之中。寫到末了，我自以為寫得入戲，為之顫動唏噓不已，但老實說，十七歲的我從來沒有看過雪，更不知道革命和蒼老究竟是怎麼一回事？所以充滿了虛偽矯情卻不自知，難怪國文老師看了後要嗤之以鼻。

然而，我卻又如此清楚地明白，這篇小說之於我的真實和熱情，我其實是把文字當成了一條黑色的鐵軌，一路往前鋪設直到天邊，鋪到了在我想像中那一座冬夜裡的火車站，一個孤獨的旅人站在月臺上，大雪撲天蓋地落下，而他不知從何而來，又該要往哪裡去？就在那個炎熱的秋天下午，我的心中不斷飄起無聲的雪，幽靜而且寒冷。

這幅畫面或許就是我對於小說的最初認知。文字幫助我逃離此處，逃往一個不為人所理解或是同情的地方。他們甚至會對此不屑一顧。但我以文字鋪軌的信念既強大又盲目，也不知究竟從何誕生？只是從此以後，我只會把這一條路留給夜中的自己，而再也不曾在任何一個老師的面前袒露過，也不曾再在作文課上寫小說。

這一條祕密的鐵軌只有我知道，它通往想像的銀河。而想逃的意念從來沒有斷絕過，生活總是在他方。但有時它也會和現實世界的具體畫面合而為一，於是我總是離開家，背著小背包，就從北投站跳上一列北淡線的火車，然後一直往後走，往後走。

我們不喜歡往臺北的方向去，而是要一路向北，往島嶼邊緣大海和山的盡頭，好像從那兒就可以漂流出海，一直流到看不見的地平線之外。於是我們在車廂中跌跌撞撞地往後走，慢車一向搖晃得非常厲害，發出哐啷哐啷的聲響，全身的機械螺絲和零件都快要散開來似的，我們就這樣走過了一節又一節的車廂。因為這裡已經是北投了，遠離市中心，而大多數搭火車通勤的人，也都早在士林和石牌下車了，再過去，就是復興崗、關渡、竹圍和淡水，火車上幾乎沒剩下多少乘客，全成了我們的天下。

車廂內墨綠色的兩排座椅大半是空蕩蕩的，如果上面坐著人，也多是些孤零零的老人，默默地瞪著窗外的景色發呆，要不然，就是一些頭戴斗笠的農夫，他們的腳旁放著一只扁擔，兩端的竹簍裡塞滿了綠色的青菜。那些青菜都是剛從田裡拔出來的，一片片蓬勃深綠的葉子舒展開來，溢滿了整個簍筐。我們一走過去，葉子的邊緣輕輕擦過腳踝，就把那一股淡淡的泥土腥味和潮濕的青菜味，全都留在我們身上了，一直等我們走到了車尾，都還聞得到它。

是的，我們聞得到它。那濕潤的墨色土壤，蒼綠色的草山，隨著海風依稀飄散的硫磺味，以及紅樹林的沼澤，淡水河口白茫茫的煙霧、沙灘以及大海。這一列火車從臺北城出發，穿過了綠色的平原，貼著山巒前行，一路就來到了河口的出海處。它的車身沾滿了一路上的氣味。我聞得到它。這是一列如今已經消失了的，但卻還一直留在我鼻腔深處的北淡線。

於是我們最喜歡跳上火車，一直往後走，往後走，走到最後的一節車廂，在車廂末端有一個小小的車門，把它打開，風便呼嘯著一下子狂灌進來。在門的外面又有一座小小的平臺，才不到五十公分深，三邊圍著鐵欄杆。我們在平臺上坐下來，也不怕弄髒衣服，我的黑色百褶裙制服在風中亂舞，我把它夾入兩腿的中間，坐在火車的尾巴，然後把一雙穿著白襪和白鞋的腳，伸出平臺之外。望出去，一條黑色的鐵軌就在我的腳底下，當火車的速度越來越快、越來越快的時候，鐵軌好像也就跟著激動了起來，化作了一條黑色的粗蛇，劇烈地左右扭擺，我幾乎可以聽見牠發出霹哩啪啦的聲響，憤怒地追趕起這一列火車，好像要一口把我的雙腳吞掉似的。

我們瞪著那一條鐵軌，一條生氣莽莽的黑色巨蛇，一路綿延到了天邊，不禁驚駭得笑了，然後迎著風，便嘩啦啦地對著鐵軌唱起歌來，不成曲調的，又叫又笑，喊到喉嚨都沙啞了，反正除了鐵軌以外，也沒有人聽得到，我們根本就不用害羞，也不會害怕。

不知為了什麼，我們老喜歡揀冬日的黃昏跑去淡水，而那時的天空總是灰濛濛的，海風撲在臉上一點也不舒服，又冷，又膩，又鹹。但這或許是我的記憶欺騙了我。原來，我們在夏日也去海邊的，只是明媚的豔陽、穿著泳裝嬉戲的人群和閃閃發光的沙灘，卻全都被我給遺忘掉了，而如今，只剩下淒冷的冬日、蕭條無人的沙地和數不盡的招潮蟹，在我的腦海中磨滅不去。我聞得到它，也看得到它。青春的北淡線，在年少輕狂的歡笑之下，彷彿更多了一點點難以言喻的、莫名又浪漫的哀傷。

就像許多臺北長大的孩子一樣，我生平第一次看見海，是在淡水的沙崙海水浴場。大海，從此不再是書上的彩色圖片，或是一個個黑色鉛字堆砌起來的符號，它開始在我的面前真實地流動起來，有了呼吸，有了氣味，有了溫度，有了濕度，它一直流到了我的天涯海角。

在沙崙，沒有美麗的銀色沙灘，沒有蔚藍的大海，也沒有雪白的浪花，就連潔淨的貝殼和鵝卵石都沒有，這裡的大海和我們從故事書或電影上看到都不一樣。也或許，它並不算是真正的大海，淡水河在這一帶出臺灣海峽，而留下了三面黑色的沙丘和泥濁的鹹水，所以那兒的浪也並不算大，它嘩啦啦地時而漲上來，時而又神祕地往後退，沒有人知道它究竟要退到多麼遠的地方。它看上去非常平靜，波瀾不驚，但規律地一來一去、一進一退之間，卻又暗藏著可怕的漩渦，駭人的，在天空與大地之間發出嗡嗡的迴響。

如果沉到沙崙的海水裡，你什麼也看不到，因為這裡的海水多半是黯淡的，就算夏天的陽光照射下來，也無法把它穿透，反倒是會把所有的光芒都吸收掉了似的，只留下來一股鬱鬱的黑。那黑，卻自有一種奇特的魅惑力，它吸引著我拉起裙角，一直要往大海深處走去，直到海水淹沒了我的膝蓋，一下子忽而湧上來，打濕了我的腰。海邊的風淒厲地颳起我的頭髮。我彷彿看到一八八四年秋天的早晨，法國軍隊就是在這兒登陸，和清軍發生一場激烈的血戰，潮汐的巨大落差把他們全都捲落到海裡。我渾身又濕又冷，兩條手臂都在發抖，卻忍不住還想要繼續往前走。就在那混濁不清的海水之中，似乎躲著一雙手，他抓緊了我的腳踝，一直把我往那片神祕的大海拖去。我被魘住了。

十七歲的我們，確實是被那片大海魘住了。幾乎每個禮拜，我們都要從北投跳上火車，一路沿著淡水河，經過那時才剛落成不久的鮮紅色關渡大橋，經過河邊綿延不斷的茂密紅樹林，往沙崙那黑色的懷抱裡跑。尤其是到了秋天的末尾，我們從淡水一路晃到淡海，而那時的海水浴場已關閉了，海邊一個人都沒有，冷得人頭皮發麻。我們繞過沙崙的正門口，沿著一排鐵絲網，向左走到盡頭靠近沙丘的地方，那裡的網不知被誰剪出來一塊小小的缺口，正好可以讓一個人通過。我們從洞口鑽進去，穿過林投和黃槿，一邊跑一邊把鞋子脫下來，打赤腳，在冰涼的沙灘上狂奔起來，瘋了似地大喊大叫，比賽看誰最先跑到海水裡。而那時的沙灘上也還全是密密麻麻的招潮蟹，伸出泛紅的大螯，我們一跑過去，牠們全唰地一下躲進了小小的洞裡。洞口堆著可愛的沙土——在這一片看似死寂的黑色沙灘上，居然也蠢動著無數不安的生命。

當黑夜來臨，我們把零用錢全掏出來，湊在一起向小販買了上千元的煙火，立意要給十七歲的自己一個最美麗的沙崙之夜。我們點起了火把，宛如祭司一般魚貫地走上那一道如今已然坍塌的木頭平臺，一直走到海的中央。黑色的海與黑色的天在眼前流成渾沌一片，天地鴻濛，泯滅了所有的疆界，只把我們包圍在正中央。我們在平臺盡頭蹲下來，放煙火，高空中炸出來一朵又一朵巨大燦爛的火花，而我們仰起頭望著，被震呆了也震啞了，卻忽然興起一股莫名的悲壯，在火光的照耀之下，青春的臉龐上全掛滿了淚，連天地也要為之顫動。就在那一刻，苦澀的海水、鹹濕的海風，一波波從黑暗中嘩然湧來，如泣如訴，也彷彿填滿了我們心底說不出口的虛無與空缺。

——《溫泉洗去我們的憂傷》，九歌

郝譽翔

一九六九年生，臺灣大學中國文學博士，曾任教於東華大學、中正大學，現為國立臺北教育大學語文與創作學系教授。著有《溫泉洗去我們的憂傷》、《那年夏天，最寧靜的海》、《初戀安妮》、《回來以後》、《衣櫃裡的秘密旅行》等。電影劇本《松鼠自殺事件》。學術論著《情慾世紀末——當代台灣女性小說論》、《儺：中國儀式戲劇之研究》。曾獲《聯合文學》小說新人獎、《時報》文學獎、《中央日報》文學獎、台北文學獎、華航旅行文學獎、新聞局優良電影劇本獎等。擅長以細膩筆觸處理情慾和女性身體自覺，為中生代重量級的小說家之一。

文字風景

書寫回憶的文章是否迷人，關鍵在於事件鋪陳與敘述腔調是否相應。郝譽翔善寫回憶與時間，她在《溫泉洗去我們的憂傷》序文裡說：「我選擇用一種和平而舒緩的語調，去寫一九七五年我們從高雄搬到台北，輾轉遷徙在盆地邊緣的經過，去寫山與海所懷抱的北投，寫關渡平原的朦朧煙雨，寫在公寓中半夜幽然浮現的鬼影，以及一間大雜院似的違章建築……。」〈青春的北淡線〉正是這樣的回望與凝視，語調和平舒緩。青春期的躁動喧囂、憤懣不安，在回望裡成為安靜的人生風景。

文章開頭引用莒哈絲《平靜的生活》，暗示一個「真實的自己」，暗示一次又一次的發現之旅。年輕女孩在課堂上繳交一篇虛構的小說，袒露了自己的想像。她以文字鋪軌，架設遠遊的憑藉。而一切文字書寫，莫不是要發現一個真實的自己？文字幫助她逃往一個不為人所理解或是同情的地方，成為一項現實生活的「逃脫術」。作者藉此延伸鋪展出日常生活的小旅行，沒有斷絕過的、想逃的意念，讓女孩走向他方，走向這一條「青春的北淡線」。這條鐵軌連結了想像，讓人可資短暫逃離日常生活。青春的懵懂迷惘、未來的杳不可知，盡在其中了。

文章結尾尤其動人，作者寫到黑夜來臨時，一起掏出零錢，向小販買了上千元的煙火。高空中炸出巨大燦爛的火花，成為十七歲的紀念，忽然讓人興起一股莫名的悲壯。

十七歲，說不出口的虛無與空缺，終將成為日後的懸念。

青蛙跳進豌豆湯

王盛弘

一踏上英國，我便鬧了個笑話。

臺北啟航的飛機，在倫敦希斯洛機場降落，緊接著搭接駁巴士準備前往蓋洛威，轉乘境內航班飛愛丁堡。清晨五時許，我的精神和天色一樣黯濛濛，但是振作著要牢牢記住這倫敦第一眼。車窗外，夢境尚未醒來，我也盹了過去。我和天色一起睜開眼，朦朦朧朧，揉揉眼皮確認了並非惺忪，而是濃霧籠罩四野，浸泡在鮮牛奶裡一個模樣。

彷彿有樹，高低胖瘦；彷彿有馬匹，昂首低頭；陽光金沙一般讓網眼一層密過一層的篩漏層層篩過，終於有一支支金色針尖穿透，東閃，西耀。

這英倫第一眼，大霧瀰漫，絕美的一首抒情詩。

昏昏沉沉我又闔上了眼。一會兒後醒來，發現高速道路上不斷有標誌寫著「青蛙」提醒駕駛。真是個重視生態保育的國度啊！紀錄片裡看過，公路切斷荒野，先進國家會在路面下設暗道，讓青蛙蟾蜍蜥蜴蛇等小動物「過馬路」，以免遭輾斃，呼應了老家平房在磚牆半空處砌一線「鳥踏」供雀鳥歇腳的美意。

帶著會心暖意睡去又醒來時，我突然意識到，不是青蛙不是 frog，是 fog 是霧。我好不害臊，臉頰耳朵熱熱的，一時真覺得自己是隻井底裡的青蛙。

倫敦夙有「霧都」之稱，我的倫敦第一印象，就是霧。

日後讀到美國作家提穆・麥克那提(注)的〈月亮馬群，和地上的霧〉，「夢掀起一角/露出了夜：鈴聲輕柔的/傳來，是馬群走近了/我露宿的林野//低迴的霧從河上飄至/一片齊膝的銀白/吃草的馬暗影魑魅//在夢與醒之間的/朣朦裡/我已和牠們走到一起，嘗著/腳邊的霧氣，它清涼地//散發著落葉、枯枝/與灰燼潮濕的氣味/以及冰川緩慢的鼻息//月亮在雲杉上很靜/河水正淙淙遠去/撫過光滑的石//此刻我竟忘了/自己在趕路/任憑鞋子在腳旁閒置/灑滿冬夜的星塵」(列健曦譯)，一句句都像神箭手射出的箭，以那個清晨所見為標的。我將讀詩心得告訴麥克那提，一臉大鬍子的他露出了兒童模樣的笑容。

稱倫敦「霧都」不知是誰起的頭。確信的是一九三〇年代蔣彝去到英國，為華人讀者撰寫報導時，就這樣叫了。

蔣彝最讓人如雷貫耳的手筆，是將 Coca-Cola 譯作「可口可樂」。他在英國以「啞行者」(Silent Traveler) 自稱，陸續出版了《愛丁堡畫記》、《倫敦畫記》等遊記，廣受喜愛。「霧」是倫敦一景，自然也現身筆下。

蔣彝說，某個冬日下午三點多鐘他走在街頭，「忽然間，毫無預警，天空出現了一大片黃色霧靄，並在黃昏的暮色中愈積愈厚」。他所經歷的，推想並非他的江西九江老家散漫於湖面山際的煙嵐，而是燃燒煤炭產生的硫化煙，確鑿的證據是「這兒的霧和我過去所知不同，不是純白，而是黃黃灰灰，有時還帶點黑。霧氣觸著臉上，不涼也不清新，我的鼻孔可以嗅到其中的煙味，感覺非常壓迫」，原來英國在一九五六年通過《空氣清淨法案》(Clean Air Act) 前，城市裡常瀰漫這款有毒氣體，被稱為「豌豆湯」，每年奪走上百人性命；嚴重時煙霧甚至竄進皇家劇院，擋遮了觀眾視線。

其實，每回搭車走高速公路北上，逼近臺北盆地時也都會清楚看見盆地上方籠罩著「黃黃灰灰」的氣體，那不是霧靄，那是廢氣，把整座臺北城包圍住了。或是每每釀成國際新聞的東南亞「霾害」，景象壯觀，造成的害損就更遠遠超過豌豆湯了。

愛丁堡一個月盤桓後，我在倫敦駐留了四個禮拜，除了那個清晨所見，我對霧都的霧印象並不深刻，直到離去前夕，B&B 女主人張小姐吆喝她的朋友，兩輛車載幾名偶然與巧合湊到一塊兒的房客到漢普斯德石南園遊逛，大家都有點生分而過於客氣。

也是午後三點多鐘，或是稍遲的四點多，零零散散一行人在緩升緩降的小丘陵上突然遇到大霧掩至，洪水一般湧來，淹沒了足脛，膝下，很快地幾步近的同伴也僅能勉強辨識衣衫顏色。

有人呼喚：「你們在哪裡？」有人回應：「我在這裡。你呢？」「我看不到你。」「我也是，第一次看到這樣大的霧。」「我小時候遇過一回。」……此響彼應，竟像是一場遊戲。這具體如牆的霧，倒讓大家靠得更近了。

注：提穆．麥克那提，一九四九年生，詩人、自然文學作家，我曾在二〇〇六年香港浸會大學國際作家工作坊與他有數面之緣。來自美國的麥克那提，蓄一臉大鬍子，笑起來卻在儒雅中帶著稚氣，他的家鄉在新英格蘭，自然文學巨擘亨利．梭羅是他的同鄉。麥克那提自大學英文系畢業後，為了實現住在森林裡的夙願，踏上了為時一年的旅途，遊走在北美、加拿大，流連於華盛頓、西雅圖等地，格外鍾情奧林匹克國家公園，適巧有機會住進建於懸崖上的一棟小屋，觀察生態環境、體驗山海之美，那一年的時光值得一生的流湎。除了詩集，麥克那提寫了大量以國家公園為主體的自然史著述，他沒有強烈的政治主張，希望聯通文學之美與自然之美，而不是激情喊話，他說：「自然寫作是長期

的，環保寫作是短期的。」

——《十三座城市》，馬可孛羅

王盛弘

一九七〇年出生於彰化農家。畢業於大榮國小、和美國中、彰化高中、輔仁大學大傳系，臺北教育大學臺灣文化研究所肄業。性好文學、藝術與植物，愛好觀察社會萬象，有興趣探索大自然奧祕，賦予並結合人文意義，也喜好旅遊。創作以散文為主，曾獲林榮三文學獎、《時報》文學獎、臺北文學寫作年金、教育部文藝創作獎、梁實秋文學獎等獎項，著有《慢慢走》、《關鍵字：台北》、《十三座城市》、《一隻男人》、《桃花盛開》、《大風吹：台灣童年》、《花都開好了》等。長期於媒體服務，曾獲報紙副刊編輯金鼎獎。

文字風景

在王盛弘的創作版圖中，旅行書寫是一個重要區塊。他曾說：「像我這樣一名觀光客，回家並非旅程的結束，閱讀與書寫，是另一段更悠遠路途的開始。」在出發與回返之間，他總能看出差異，辨認出獨一無二的自我。〈青蛙跳進豌豆湯〉是一篇別出心裁的旅記，開頭相當輕鬆幽默：「一踏上英國，我便鬧了個笑話。」這讓讀者懸想，究竟發生什麼笑話？在作者巧妙安排下，英文字彙裡的「青蛙」與「霧」構成了文章的主要脈絡。自比為井底之「蛙」的作者，展開了「霧」都倫敦的遊歷。

倫敦與霧的連結，幾乎已成刻板印象。王盛弘不迴避這種刻板印象，以笑話始、以遊戲終，敘寫霧中的疏離與靠近。文中引用提穆‧麥克那提、蔣彝的詩文，與自己的旅行經驗相對映，確實相當巧妙。在書寫霧霾時，作者暗中帶出環境汙染議題，卻不刻意張揚。結尾寫到具體如牆的大霧，既回扣主題，又交代了最細膩的體驗。

惜別

楊佳嫻

我從未真正仔細看過的那些鐵道日式宿舍，或已被拆去。

居住其中四十年的外公提早搬出，從有前後院的平房搬到了公寓裡。搬遷命令大約在一年多前已經發布，拆除宿舍，收回土地，大概是要出售或作更有經濟利益的用途。農曆年時候，到外公新居去看看，是在高雄人認為理想居住區的文化中心旁邊，唯公寓前有成行高大樹木之故，空間內頗覺涼而暗。外公喜愛的和服盛裝娃娃仍然立在客廳裡，紅紋金線、粉顏大髻，永遠都在參加祭典。演歌伴唱帶寂寞地排排站著，沒有人去唱了，塑膠盒子上印著我不認得的豔色西裝或和服的歌手。

外公咳嗽聲乾濁地從室內傳來，驅不散的陰濕感……姨婆從房間內探出頭來，搖手向我示意，「恁阿公剛睏去，莫吵。」

略坐一坐也就走了。

我曾想再回到壽山腳下鐵路宿舍區去望一望，然而也就忘了。假期在無聊的消磨中過去。義大利片《新天堂樂園》中，愛電影的小男孩長大了，成名了，回到闊別的家鄉，也只能是立在人群之中看啟蒙他的那座老電影院轟然倒下，濺起來是昨天的煙塵。——對於我，那日式老宿舍未必有那樣強烈的意義，它只是我童年生活過的地方，長得沒有一枝蘆葦高的年紀，曾經嬉遊其中，長大了，走遠了，想回頭去看，才發現它只剩下一點灰色的影子。

回到臺北，想起幾處我常走過的街廓里弄，每每經過石塊或紅磚小牆，可眺望見屋頂井然的黑瓦與瓦縫細草、屋側魚鱗板、大窗前鑲框著長木條且漆成藍或綠色的日式房舍，總是會脫口而出告訴同行的人，哎，這跟我外公家很像，你看那個窗戶前面的木頭欄杆……。那就是一種情懷，感知類同的時代氛圍，其實這些南北各地散布的日式房舍，可能其實是非常不同的，也可能它們擁有驚人的相似處，畢竟我從不曾在外公家之外，真正進入那仍有些人居住的老房子。

大多數的日式老房屋都被圈在比我視線更高的牆內，特別是在福州街、牯嶺街、師大永康一帶，那些巍峨漂亮、日治時代作為高階宿舍的，有些還在牆頭圈上了鐵絲網，牆角就有攝影機對著街道轉來轉去。溫州街的「大院子」（溫州街十八巷、二十二巷，和平東路一段二四八巷所包圍的區域）則親切多了，幾次我走到其中段海光故居那一戶，看那些泥牆上薄薄敷著一層苔綠，牆外泊著幾輛鮮亮的車子，車頂落了些葉末花片，牆內兩層樓高的黑瓦頂邊緣居然施施然走著一頭大黃貓，也許是裡頭有人養馴了的。還有更多的，四散在昔日的錦町、川端町、古亭町、昭和町、福住町，也就是今日師大與臺大周邊巷內的較小型日式房屋，不少也都荒棄了，甚至連屋頂都已塌陷，可以瞥見裡頭的木樑結構，反而當時培植起來的樹還固執地生長著，垂下枝條蔭影，迴護那些幾成廢墟的屋舍。因此，晚間走過小巷，瞥見日式老房屋裡居然亮了燈，心中也感到安然，那裡還有人住，人與房屋是可以相互庇蔭的。

當然，更多的是已經拆掉，或正被拆掉的。師大周邊，這樣的例子很常見：先拆掉老房子，剷除植物、整地，先充當臨時私人或收費停車場，停車場牆上都還留著舊房子人字型屋坡側邊殘跡；不久後可能就蓋起了樣品屋，推出自住投資兩便的小豪宅，名字美輪美奐，販賣大學學區的人文效益。而還未被拆掉、尚有人居住的，亦往往被包圍於方整、高過五六倍的公寓陣內，特別顯得寒縮。唯有牆內常見高高揚起、竄生到三四層樓高的亞歷山大椰子足以相抗，纖細枝幹被風吹得搖來搖去，歷經不知道多少次颱風，居然不斷折。

對於那些老建築，人們抱有怎樣的感覺呢？幼小的時候，母親十分喜歡到鹿港遊玩，因此我幾次到辜家老宅改成的小博物館參觀，成年後看書上照片才發現那原來是多麼亮麗勻稱的老洋樓，可是，當年的記憶卻從沒有建築本身，記得的是玻璃櫥窗內女人穿的小腳繡鞋，為那尺寸與形狀的怪異而驚訝……。被展示的過去。我也曾到過據說是特意被保留下來的老街，可是成排的洋樓，除了少數專作遊客生意的店家，並沒有多少人還願意住在那裡；沒有人住的老房子老得更快，窗臺破毀，花欄傾錯，二三樓高處，芒草與蕨類從屋角噴溢，撩撥著日光，像被遺忘在倉庫內的秀場道具，華美、陳舊。屋內，會不會還遺留著什麼老物件呢——我曾被領到民生東路專門修整出售老家具的作場內參觀，一塊一塊大大小小的花窗門扇堆、箱籠廚櫃、妝奩書篋堆積著，客人與師傅講究著裝飾風格、朝代、木料優劣、如何加工刨整，一頭瞎了左眼的白貓伏在呶呶的電視機上面取暖，空氣中散播著木塵、漆與油的氣味。木藝品上常常鑲著銅片或銅環，增加豪華感，師傅說，這很容易造假的喲，遂拿出一根銅管，伸進一玻璃液體，再取出果然就蓋了一層銅黑。假的時間感。當人們一棟一棟地推倒城市中的舊房子，新起的樓廈卻又設計了好多改良的仿古細節。

就在和我住處同一條街上，有一幢半毀的日式房舍。所謂半毀，是因為屋頂塌陷了一塊，周圍的木板也都剝落了一部分，露出裡頭的竹篾與填泥，泥巴被太陽曬得乾透，風吹來就簌簌落下一些塵沙。這是雲和街十一號，五〇年代梁實秋先生曾經住過的地方，據說已經被登錄為歷史建築，大抵是受到保護的——然而所謂保護，不過是免除了被拆掉、取了不知伊於胡底的建築案名字蓋起公寓的命運。由於房子的外在輪廓、型制都還保持著，屋脊延伸出去微微翹起的鎮邪鬼瓦都還略可見，是可以修復的罷；若乾擱著任憑雨水裡裡外外地浸潤那些木竹泥巴，則全圮之日不遠矣。

余光中先生在一篇回憶散文中曾經提到，梁先生正是在雲和街住處提出要送他到美國去留學一趟的，當時自己年已三十，還沒有搭過飛機呢！梁先生自己也有文章述及此處：「房子油刷一新，碧綠的兩扇大門還相當耀眼，一位早已分配到宿舍而尚無這樣大門的朋友顧而歎曰：『是乃豪門！』地板不大方正，前面寬，後面窄，在堪輿家看來是犯大忌的，我們不相信這一套。前院有一棵半枯的松樹，一棵頭重腳輕的曼陀羅（俗名雞蛋花），還有一棵很大很大的麵包樹。這一棵麵包樹遮蓋了大半個院子，葉如巨靈之掌，可當一把蒲扇用，果實爛熟墜地，據云可磨粉做成麵包。季淑喜歡這棵樹，喜歡它的碩大茂盛。「後院裡我們種了一棵黃觴，一棵九重葛，都很快的長大。」如今「綠色豪門」早已不在，換上了僅容一人通過的銀色金屬門，葉如巨靈之掌的麵包樹也還矗立著。周圍緊緊靠著公寓們灰色的背面。沒有一扇窗戶是打開的，突出的鐵窗格內飄蕩著鮮豔之衣。

過了雲和街十一號，直走到泰順街上，一條小弄裡有散步時無意間發現的日本房舍，保存得非常乾淨完整。泰順街三十三巷四號，處在大樓和其他違章建築之間的一幢，兩層高型制較梁實秋故居複雜的建築，看起來是由兩個東西向屋頂和兩個南北向屋頂錯落組成，彷彿歇山式與唐破風式的綜合體；應該是悉心照護的結果，青瓦鱗然少有破損，雙層人字形設計讓輪廓有了變化的趣味，屋脊兩端的鬼瓦如意結似地把房子繫好；窗上是橫邊較長的格子，四角還有一點捲曲裝飾，木色雖舊，漆也有些剝蝕了，但結構都完好，碧紗窗和碎花白窗簾隱隱約約，有個窗格看起來好像還是糊了紙。這棟建築無法近觀，只能在巷子對面公寓兩三層階梯上的平臺處，從稍高的視野眺望一些模糊細節。我數度來此觀望，偶爾晚上見閣樓燈亮著，想是有人住。能住這樣美麗的房子，真使人嫉妒。

外公居住的鐵道宿舍，沒有前面兩者模樣漂亮，屋頂脊線平實，形式單一，並不富有律動之美。日式房舍興建供給公家人員居住，本來就依據職等不同而在建築大小、式樣以及庭園面積等方面，有所規範。高雄壽山腳下的鐵道宿舍，房子樣式簡樸，一層樓高，二十幾坪大，但是前後皆有庭園，未知日治時代屬於什麼職等的人居住。宿舍型制因應臺灣氣候經過改良，外公家的房子底下是加高、附有氣窗通風以避免濕氣的。

屋內原有一處鋪榻榻米，後來因為更換麻煩，也就和其他部分一樣改鋪木板條，走起來嘎滋作響；從前是深赭色的，配合著綠紗窗和窗外的無數盆栽，天然一種靜謐，時間都變慢了；後來，親戚們主張稍事整修，木板重新髹過，而居然是蜜蠟色的了，有點刺眼。老人眼力衰敗得快，不能適應日光燈，除非天已完全暗下，外公大多數時候都是在沉沉的影子裡活動，或者就僅僅端坐著，不知道想些什麼；黯淡光下，木頭顏色也就不太重要了。倒是和服娃娃的繡線，仍因為外在光源流轉，偶爾可以瞥見那金絲一瞬。

我記得最後一次到那裡去，外公精神罕見地抖擻起來，原來是有老朋友來訪，搬了木凳，兩人坐在前庭，以日語和河洛話夾雜交談，陽光透過空蕩蕩的花架灑下來，兩個相對而坐的老人，面色看來極為柔和。「這是我外孫啦，最大漢那個，寫詩的。」外公拍拍我的肩膀，告訴他的朋友。我還記得第一本詩集出版後，外公也翻閱過，但是他說：「妳寫的什麼現代詩，我看無啦，這款的我較愛讀。」從抽屜拿出據說是他一位文學修養很好的朋友寫的俳句來，鋼筆字寫在薄透白紙上。然後，外公就朗誦起來。

他還為我說解了一兩首，關於季節的微妙感受，所用詞彙的曖昧多義。三年前了，確切內容我已忘卻。在我忽明忽暗的記憶裡，也許這是我唯一一次聽外公對我談及文學的領會。那時候是夏天罷，窗外庭院僅剩的幾盆榕樹，固執著不馴的線條，蜜蠟色木板赤足踩著，好清涼。

假如壽山的宿舍們已被拆去，土地已被售出……啊，我來不及道別的一切。平日只有老人走動的小路上還生長著許多強壯的樹，季節到了就滿樹都是長豆莢，慢慢地變脆、變黑，掉得滿地都是。那些樹也會被砍下運走嗎？

臺北日常生活，我仍時常散步去看雲和街、泰順街的日式宿舍，捕捉美及其衰敗，想像我不曾參與的時光氣氛。走得更遠，還可以看到更多，並且憂慮它們將在都市變遷發展中很快被淘汰；劃為古蹟的保護作用是薄弱的，住在日式宿舍最密集的區域裡，早聽說過許多蓄意破壞的事例。那些散布在福州街附近的殖民地高等官員宿舍固然大而壯麗，我卻更留戀師大巷子裡矮牆內的日本宿舍，沒有大庭園與高牆分隔路人與建築，小而親近。而且，它們幾乎都還保留著纖細豎直的木頭窗欄杆，像壽山腳下我童年熟識的那些。

——《雲和》，木馬文化

楊佳嫻

一九七八年生，高雄人。臺灣大學中國文學博士，目前於大學任教，研究領域為臺灣當代文學與四十年代上海文學文化。作品曾入選多種散文與新詩選集。出版有詩集《屏息的文明》、《你的聲音充滿時間》、《少女維特》，散文集《瑪德蓮》、《海風野火花》、《雲和》、《小火山群》，編有《臺灣成長小說選》、《靈魂的領地：國民散文讀本》等。

文字風景

在楊佳嫻的回憶裡，多的是對老房子的感念。每個人在空間中成長、老去，那些與生命故事相關的空間即可衍生諸多詩意。楊佳嫻常常將詩意滲入散文，讓文章成為一處涵納記憶的美好空間。

她細細勾勒印象中外公居住的鐵道宿舍，也敘寫自己所在的臺北城市一隅。她常常晃蕩的雲和街、泰順街一帶，「沒有大庭園與高牆分隔路人與建築，小而親近。而且，它們幾乎都還保留著纖細豎直的木頭窗欄杆，像壽山腳下我童年熟識的那些。」當破壞與改造來臨，幸虧有深刻的童年記憶作為支撐，幸虧有眼前的建物作為寄託。作者讓往事與當下交織，彷彿構成一座命運的城堡。在楊佳嫻筆下，老與舊於是有了意義，透過文字讓空間裡詩意重現。楊佳嫻這篇〈惜別〉，有告別，也有無盡的珍惜，為的就是一種不想忘卻的紀念。

福耳朵

孫梓評

記憶中童年有過那樣一個午後，在家中灰撲暗沉秋香色系的客廳裡，光線老被阻絕在外似地。厚實方正的辦公桌旁，閒來無事，奶奶抱著我，長繭的手指撫摸著我童稚柔幼的髮，然後輕輕摩挲著我的耳朵。那時，我仍是輕軟的直髮、掌心尚未寫滿迷惑複雜的河圖，我的耳垂，像一滴厚厚的淚，奶奶說：「你是個好命的孩子。」

不管是不是真的，奶奶的話，總像是一句祝福。

那時，我慣愛膩在大人身邊，聽他們敘說自己的世界。大人總是很放心我，他們知道我是一個沉默的孩子，不會帶走或轉述這些祕密。爸爸的祕密。媽媽的祕密。奶奶的祕密。姑姑的祕密。我愛這樣被默默地允許，好像藉著語言踏入一個未知的世界——我想，我真是個好命的孩子，並且，我其實完全不介入那些祕密。這樣的參與，與隔離，是一種安全的幸福。

漸漸長大的途中，我的耳朵一直很安全。沒有太多暴力言語進入，也沒有太多雜音會左右我的心智。生活乾淨蒼白，像一件反覆洗褪了色的老制服。晾乾又穿上，髒了就洗，然後循環。唯一一次危險時刻，是我調皮，使喚不聽。爸爸要我幫忙去洗衣店拿個東西，我不理，自顧自玩弄著鉛筆盒裡身高不一的鉛筆。於是，在一個來不及理解的狀況下，一個猛然向我飛來的算盤，甩中了我的左耳。從那時開始，我擁有一點小小的左耳失聰，不是很嚴重，有時候聲音進入時會像被吸住的磁鐵，不能準確地敲中我的耳膜。我沒有怨怪父親。我知道，我仍是個好命的孩子，這只是一次意外。

國中開始住宿之後，每天熄燈，便躲進棉被裡偷聽隨身聽，耳朵像是可以接受外界的祕密隧道，讓各種聲音通過、進駐。那時候的生活和身體都很瘦，小說裡讀見「我只要蜂蜜和尼采就可以過活」深深感到豔羨；我以為我要的不過也就是一杯廉價的咖啡和深夜廣播節目。聽素昧平生的主持人用極好的聲嗓在看不見的空間裡，經營、複製、描繪他的生活，他身邊還有看不見的工作人員，聽眾深夜送達的消夜，那一切有別於厭煩的中學生涯的。甚至也開始與同學一起虛擬出一個不存在的角色，用不存在去寫信給不存在。

然後，深夜躲避教官，躲進被裡，戴上耳機，調好頻道，被子的縫隙可以看見窗外隱約搖動的鳳凰木樹影。一則又一則地屏息膩聽主持人是否剛好挑選到自己的信？他相信了我們虛構的人生嗎？他將用他柔情的聲音逐一念出我們捏造的故事嗎？在不能超越的制式生活裡，唯有這僅有的一點虛構可以救贖（是以多年後當看見日本電影裡，有人藉由深夜廣播節目的聽眾明信片表達祕密隱忍的愛意，那一式一樣的青春粒子遙遠地擊中了我，明明是一齣不喜歡的電影，卻還是不得不移情地想起所有已消逝的青澀過往，就像一葉飄墜無言的桃花心木）。

我如此深信我有一隻幸運的耳朵，可以陪伴我度過慘綠歲月。我也喜歡聲音與耳朵的互換，宿舍每一間房間裡擠著十二個男孩，來自島嶼各處，帶著各自的生活習慣，改變茁壯中的聲腔，每一種聲音都像是一種自我介紹，身世多重。我學習聆聽他者，讓那些漸漸滲透我，改變我，填滿我。然而，「我」還剩下什麼，有一類純粹不變的原料，是不被改變的嗎？

朋友曾問過我一個問題：失去視力和失去聽力，害怕哪一項？

我思考許久，最後坦承：什麼也不想失去。眼睛的世界那樣可喜，聽見的聲音卻更像一種心靈的共振，閉上眼睛也能讓情節自己呼應。我不能放棄兩者，也不願被兩者放棄。

亦曾經想要編織一個故事，形容戀人的相遇是為了耳朵。我相信一隻美好的耳朵像花瓣般訴說，超越了語言可以承擔的。戀物者的耽溺密語可以在其中重複操演，讓相遇的漩如同耳蝸的旋，攪拌、淹沒……耳朵上那滴厚厚的淚，也會忍不住在戀愛來臨時刻滴落嗎？

年紀更長，我不確定我的耳朵是否真為我帶來福氣，偶爾朋友所要訴與我的，試著用靈魂翻譯，聲音裡也躲著一些情緒嗎？

往往也是深夜，電話鈴聲倏地響起，我從自己的範圍裡起身，接聽電話。話筒那頭傳來不同朋友的不同心情或事件。言語的丟擲是不確實的，於是試圖整理彼此，讓困頓在矛盾的身體可以沿著虛線離開。

我們真的聽懂了他人？在片段的話語中所要組織排列，究竟是哪些心情？有時極幸運的，找到一些眉目，讓挫折開花，微妙無用，舌頭安眠，隱約來了一些突破，因此很開心，謝謝彼此的陪伴。有時極不巧的，困獸失去翅膀，左右都很為難，憂鬱下雨，天氣大壞，電話裡過渡著沉默的水紋，一圈圈泛開、又泛開，最後草草收線，情緒仍像堵住的下水道，獨自醞釀著負面的字眼。

聆聽是可擴大的。如同一無意中探身試探的雙人舞步，偶爾在聆聽的攻防戰裡，彷彿也存在著理解的企圖和無能為力。就像朋友丟來的隻字片語，支解後的情感微末，要如何透過聆聽使拼圖完整，還原情意的源頭，還能夠體貼撫慰，適時建議？在說話的雙方，只是讓話語變成固體，又或者，寧願話語也能夠變成梯子，一階一階，通往另一座盛開的樓閣？

傾訴與聆聽都是契機，如果一個閃神，錯失某一關鍵語，是否就會在兩者之間，墜入一個自己也無解的迷渦？或乾脆讓龐大的命運的手，輕輕摩挲著彼此的耳朵，像誰早就說過的什麼預言一樣，等著驗收結果，我們因為甘願，就能從此學會降伏？

我仍堅信我有一隻福耳朵。

當我顛簸行走於世界不同的縫隙中，我可以前進後退地聽見來自各處的聲音。無時不聽。收線之後，房間裡只剩下自己面對方才與朋友通話中的泡沫，它們仍像前往巡訪暗礁的船桅，在黑夜中不肯罷手。語言是高明的表演者，唯有透過它，劇碼可以進行。但表演本身也會令人迷眩目盲，不那麼能確定此刻與當下，是否真實？夜裡失眠時刻，暗中，也聽得見時鐘指針移動像漸漸推近的質移。耳朵該要學會分類嗎？讓情緒的顏色擁有各自的調色盤，讓聲音有它的路標，可以循靠，去到它想去的地方？

偶爾也會想起記憶中那個童年的午後，安靜的客廳裡，方形電視機也沉默著沒有歌唱；然後奶奶的手，摩挲著我的耳，那微刺的觸感，就像是時間遞來的指紋，在我的耳朵上進行小小的確認。

有時我也會不自禁地想起自己的耳朵，它仍擁有被祝福的質地嗎？

前不久，我返家，彷彿已經老去卻又元氣十足的奶奶，親暱地坐在我身邊問我人生前途的種種課題，那些我老是答不出來也無意抵達的目標、方向、可能。對話像飄搖的小舟行駛在晴日之海，懶洋洋。

奶奶邊聊，邊吃完了半個橘子，然後在我不注意時，突然又伸手撫摸了我的耳朵。熟悉的繭的微微刺痛襲來，慢慢地，欲言又止地——她像在思考著什麼，沉默了好一會兒，然後終於笑著說：「哎喲，你的耳朵變薄了。」

——《除以一》，麥田

孫梓評

一九七六年出生於南方高雄。東吳大學中文系，東華大學創作與英語文學研究所畢業。現任職《自由時報》副刊。曾獲《中央日報》散文獎、台北文學獎、華航旅行文學獎、長榮寰宇文學獎、全國學生文學獎、雙溪文學獎等獎項。孫梓評的創作包含各種文體，他的小說主題多偏向探討愛情，新詩、散文則擅長抒情，風貌多變。著有短篇小說集《星星遊樂場》，長篇小說《男身》、《傷心童話》、散文集《除以一》、《甜鋼琴》、當兵劄記《綠色遊牧民族》，詩集《如果敵人來了》、《法蘭克學派 Frank》、《你不在那兒》、《善遞饅頭》等多種。

文字風景

聆聽是溝通之必須，是上天給予人類的祝福，卻也是一種詛咒。隨著我們對世事涉入的程度越深，憂患也隨之越深。本文所書寫的，正是成長過程中這種混沌開闢，天真斲喪的感受。

作者從不解世事的童年寫起。隨著聽而不聞的無知狀態被父親意外打破，作者開始學會聆聽，聽廣播中虛構的生活，聽室友們迥異的身世，原本清潔單純的自我也跟著改變。他聽見了語言中的情緒，聽見那些絃外之音，發現話語竟然也可以是一種表演，而理解變成了艱鉅的任務。如何分辨真實與虛假，進入對方心中的祕密閣樓，竟成為困擾作者最深的問題了。

文章的開頭與結尾都是祖母對於作者耳朵的評論，說原本柔軟豐厚的耳朵變薄了，也象徵福氣變薄了。但是福氣是什麼？是因為無知而無所憂慮的天真，還是人們所說的一生順遂？在結尾一段可以看到，祖母詢問作者關於人生未來前途的對話，其實是有一搭沒一搭的「懶洋洋」狀態，那代表著作者的心態，而這個心態卻被人生閱歷豐富的祖母揭示出來了。

或許作者早就意識到關鍵的所在。如果耳垂如一滴淚，當聲音傳入耳孔，也就是敏感多情的內心在默默落淚。那在成長中逐漸明白的無奈與無力之感，難道不正是福氣消長的真正原因嗎？

金錶

邱坤良

1

我平常不戴錶，兩手空空如也。不戴錶並不意味沒有錶，我不但有錶，而且有好幾個呢！有精工錶、有不同樣式的Swatch，也有幾個地攤買來的仿冒品。閒來無事，稍微點了一下，發覺所有的錶加起來，總價不到二萬元，其中最貴的「名錶」是幾千塊錢買來的精工錶。至於那些地攤貨則不好估計，算是無「價」之錶了。

新聞報導警方破獲偽鈔案計算成果，都不是算重量或紙錢，而是以假鈔的面值計算，所以查獲的金額動輒十億二十億，戰果輝煌。我的仿冒名錶如果依照真錶價格計算就「發」了，少說也有兩百萬元，包括同事從萬華地攤二百塊買來給我的雷達錶，「原價」三、四十萬，朋友送我當生日禮物的泰國仿製Vacheron Constantin，買價二千元，聽說真錶價值上百萬元呢！

照說繫在手上的錶與掛在牆上的時鐘一樣，原始功能是在告知正確時間。然而兩個世紀以來，名錶文化早已成為人類文明成就，也是一種時尚。把時間戴在手上，象徵人對時間的掌控，掌控時間就掌控人世間的大小事務，自然也變成另一種符籙，代表特殊的階級。名人配名錶，大約就跟英雄配名馬、寶劍，美人配珍珠、項鍊一樣，搭配得當，足以表現生活品味與社會地位。不僅上流社會如此，基層社會、小戶人家無不崇仰名錶，引為風尚，堪稱人不分男女老幼，地不分東西南北，屬於全民運動，任何稍有「街市」規模的鄉鎮，鐘錶店跟銀樓永遠都是地方流行的中心。

我從小到大，很少趕上流行，從未買過價值上萬元的「名錶」，原因不完全在於買不起（曾經是），或捨不得花錢，亦非品味不足，而是不特別重視手錶，也不了解錶的行情，分不清楚金錶、鐵錶有何不同。我不只不喜歡戴錶，也不喜歡戴戒指、手環，總覺得手腕上套了個小道具，很不自然，而且有一層桎梏。尤其平常左手拿筷子吃飯，右手拿筆寫字，不管戴哪一隻手都不方便，礙手礙腳的，無法隨心所欲。

我並非天生不喜歡手錶，或不知道手錶的高貴，事實上，也沒有人天生不喜歡手錶或不知道它的價值，如果現在有手錶與襪子任我挑選，選上就「無料」算我的，我還是會挑手錶。手錶在我成長過程中，曾經充滿神祕與誘惑，有過一段渴望戴錶的日子呢！

在那個物質匱乏的年代，一般家庭裡最貴重的器物，就是收音機、腳踏車、首飾與手錶。而且，只有賺錢的人才戴得起手錶，戴錶算是成年人的象徵之一。小孩不能戴錶，就跟十六歲之前不能飲酒、吃雞爪一樣，天經地義，哪像現代小孩戴錶就像口袋插鉛筆一樣簡便，「鼻屎大」的年紀，只要看得懂阿拉伯數字，莫不人手一錶，氣派十足。

我唸小學時沒看過哪位同學戴手錶，大家都出身漁民或工人家庭，來自南北二路，從外表、衣著來看，又土又俗。男生理光頭、打赤腳，渾身髒兮兮，像剛在泥土堆裡打滾似的；女生白衣黑裙燈籠褲，外型也不怎麼淑女。雖然無人戴錶，全班四十幾位同學卻有志一同，喜歡在手腕上用毛筆、水彩筆畫個「肉」錶，有時還煞有其事地看看這個「肉」錶，嚷嚷：「吃便當啦！」「下課啦！」「放學啦！」

我每天都有「肉」錶，但夢想擁有一個會動會走的真錶。國小畢業考初中前夕，父親特別給了一個承諾：「如果考上省中，就送你一個金錶。」讓我連續好幾天作夢都夢到考上省中，戴手錶上學的神氣模樣，此後將與小學生有別，心中一陣「轉大人」的竊喜。可惜我的金錶夢隨著省中考試落榜而消逝，轉唸縣中，連錶帶也沒有，大人不再提手錶的事，未曾允諾在哪種情況下會送我一支錶。

2

我曾經讀過魯迅翻譯的俄國作家班台萊耶夫 (L. Panteleev) 童話小說《金錶》，心有戚戚焉，因為小說所勾繪出來的畫面，以及瀰漫在空氣中的低氣壓，彷彿摸得到、感覺得到，我看到童年仰望金錶的那段歲月，充滿色彩與味道。班台萊耶夫生平資料不多，只知道他原是流浪者，後來受了教育，成為出色的作者。雖然時空環境不同，國情有異，小說情節與現實人生也有若干落差，《金錶》所引發的故事與場景仍帶給我強烈的童年滋味。

《金錶》的主人翁彼帝加是一名小混混，也可說是一名「業餘」扒手或小偷，因為飢餓難當，偷了蛋餅，被扭送警局。在拘留房審訊時，一位醉漢糊裡糊塗地將昂貴的金錶「交」給了他，只留下錶鍊。彼帝加被送到少年教養院，將錶暫藏在院區中庭地下，所以後來醉漢到警局報案時，警察已無法在彼帝加身上找到證據，只好將他釋放。

回到教養院後，彼帝加急著尋找金錶，結果大失所望，因為院方將冬天所需的木材堆滿中庭。他決定耐心等候冬天的到來，當木材逐漸被移去燒火之後，圖窮匕現……。

在漫長的等待期間，彼帝加在院中學習各種課程，激起強烈的求知慾，甚至被選為經濟事務的負責人⋯⋯。

這篇小說故事場景、人物角色與我的成長經驗不同，但情境、氛圍卻有幾分相似，我也很自然地把小說情節投射到自己的童年生活。不過，很快地，發覺沒資格當彼帝加，因為我雖偶爾從父母衣袋「撿」點錢花用，但尚未淪為扒手，每天早出晚歸，四處玩耍，自由自在，也沒有落到流浪的地步，吃飯、睡覺時間一到，就會自動回到家裡。以我當時放蕩的行徑來看，大概已經到了臨界點，如果再交幾個損友，就有可能越雷池一步，變成《金錶》裡的主人翁——彼帝加了。

我突然想起綽號「賊仔三」的小學同學王添丁，他是澎湖離島花嶼人，小時候隨父母千里迢迢來到南方澳，被安排在我的班上就讀。我不知他為何有「賊仔三」這個綽號，也許曾經做過什麼勾當吧！他長得瘦瘦黑黑的，穿著一襲看起來半個月未洗的卡其制服，打赤腳，成績鴉鴉烏，但很會在港口賺錢。漁船一靠岸，他機伶地跳上船，幫忙出卸魚貨，才一個多小時，就可從船員手上獲得幾條青花魚，轉身賣給魚販，立刻有幾十塊的收入。在同學眼中簡直是大富翁，吃喝玩樂都比其他同學大方。

有一天，「賊仔三」手腕上多了一個錶，金光閃閃，十分耀眼，因為戴錶的關係，看起來有些大人的氣派，全班圍繞著他，摸摸瞧瞧，欣羨不已。大家都以為這是他幫漁民「出魚」卸貨賺來的，我也深信不疑。過沒幾天，地方警察來教室帶走他，原來他日前趁魚販在魚市場角落熟睡時，「撿」走了新手錶——就如彼帝加從醉漢手中「撿」走金錶一樣。「賊仔三」被送到派出所之後，一去不回，至少在我畢業前沒有回到班上。

3

雖然我與王添丁相處的時間不長，但直覺他就像《金錶》裡的彼帝加，至少是偷藏金錶時代的彼帝加。這當然只是形式上的比較，添丁的現實人生與《金錶》小說的意涵差別極大，也不知道他後來流落何方，是否還待在漁港，有沒有成為職業小偷？會不會巧遇佳人，如彼帝加的情人與小偷故事。更重要的，王添丁最後是否如彼帝加，從一個小混混轉變成一個對生命有所省悟的人，了解世間最珍貴的，不是財富，而是高尚的品格，以及人與人之間無可取代的情感？

小說《金錶》的結局不是悲劇，而是悲喜劇。金錶的價值隨著人的觀念而異，它在彼帝加心目中的變化，正象徵其生命觀的轉變，當彼帝加找回長期埋藏在地底下的金錶那一刻，已不是當年見利忘義的小混混了。儘管金錶依然耀眼，彼帝加過去渴望的財富，反而成為生命難以承受的負擔。由於心境的轉變，當初備感沉重的金錶，掂在手上意外變小變輕了。

彼帝加想將金錶物歸原主，卻發現過去對他苦苦糾纏的錶主——醉漢已經消失，悔恨不已，剎那間金錶又恢復原來的沉重不堪。他終於體會金錶雖然珍貴，但追逐金錶過程中，所失去的更多，而且無法用金錢衡量。而彼帝加在人生逐漸走向光明之際，意外發現初戀的女孩就是金錶主人的女兒，因為家庭陷入困境，正打算賣掉錶鍊。震驚不已的彼帝加默默地將金錶還給少女，頭也不回地離開了……。

不知是幸運，還是可惜，我青少年生活沒有像「賊仔三」一樣的放蕩人生，沒有在警察局留下紀錄，也沒有像《金錶》發展一段「浪子回頭」的故事，自然也沒有福氣消受美人恩了。儘管金錶曾經是我夢寐以求的寶貝，隨著希望的落空，雖不致成為恥辱的烙記，卻在成長中的過程中逐漸淡出，失去吸引力，沒有特殊感覺，也沒有浪漫情懷。我刻意不再想像手錶所代表的新階級（初中生）、新身分（準成年）的意象，也習慣沒有手錶、不戴手錶的生活。金錶也好，手錶也罷，在我的眼中，實實在在就是「時錶」——計算時間的器具而已。

有一段時間我為了因應人必有錶的簡單道理，勉強戴起錶來，感覺上像在手腕上放塊鐵片一樣，有事沒事就會像戲臺上的武生，提起手腕一看。幾個「奧」錶輪流戴來戴去，逐漸地，我發覺一旦戴錶，多少會吸引別人的注意。就像開車子一樣，開什麼車就代表身分地位與生活品味。戴錶的手一伸出去，立刻就跟人比手腕了。別人的目光注意到我的手錶，想說些什麼，卻欲言又止。我後來才知道手錶有價值百萬、數百萬，甚至上千萬的，還有國際名錶博覽會，以及各式各樣的名錶雜誌，我實在無以言「表」了。

4

生命誠可貴，人的手腕短短小小，有這麼寶貴，值得戴百萬、千萬名錶？而且一天就二十四小時，百萬名錶能多出「美國時間」來嗎？我母親生前常用「有手骨」或「手骨大支」形容一個人有辦法、有財富，她希望我有朝一日也能「有手骨」，光宗耀祖。我原不了解它的真正意義，最近終於頓悟，原來是在講戴頂級手錶的人。「手骨」愈大支的人，戴的手錶愈名貴。

我逐漸知道金錶的大學問了，算一算自己所有的錶，加起來竟然抵不過別人的一支錶帶，就連仿冒貨用真錶價格計算，也不過區區兩百萬，談不上「有手骨」，既然「手骨」小支，乾脆不再戴錶了。手腕沒有錶，別人對我的「手骨」就莫測高深了。

一個人可以不戴錶，但必須要有「配套」，才能跟得上時代的腳步，例如要保持眼觀四面，耳聽八方，從掛鐘、電視畫面、廣播節目隨時知道時間，也要知道如何把錶掛在別人手上和嘴巴上，請別人為我們服務。問時間雖屬小事，其實也是跟周圍的人——識與不識互動打招呼的方法，人與人之間打招呼、互動方式千百種，身體語言五花八門，從「錶」入手，算是現實無情社會一種免費而有效的人際互動了。

我最常「垂詢」時間的對象自然是辦公室的同仁，只要稍微比個手勢，他們默契十足地揚起戴錶的手腕，像祭出照妖鏡般，朝著我揮動，再用另一隻手的食指敲敲錶面，連嘴巴都懶得張開。

沒有錶或不戴錶當然也有可能被視為沒有品牌、面目模糊的人，尤其有些智慧型的仕女看男人是從他手上的錶看起，由此檢驗他的品味——不見得是財富，不能言「表」的人當然失去被正面評價的機會。這些還算小事，我這種不受手錶制約的人隨年齡增長，時間感逐漸遲鈍，對生活周遭事物的變化，只有粗枝大葉的感覺而已。

不過，久而久之，卻又發覺時間非常充裕，好像有好多用不完的「美國時間」，為了愛惜光陰，把握時間，我必須更加努力想方法打發時間，或開發更多消磨時間的方法。

其實，戴不戴手錶也能保留極大的彈性空間，可能一直不戴錶，也可能在哪一天想戴支錶，戴Swatch、精工錶，或各種仿冒名錶，或者，哪一天心血來潮，也可能買支二十萬的名錶，好好展現我的「手骨」。

——《跳舞男女：我的幸福學校》，九歌

邱坤良

一九四九年生，臺灣宜蘭人。文化大學史學系、文化大學史學研究所畢業，巴黎第七大學文學博士。曾任國立臺北藝術大學校長、戲劇系主任，國立中正文化中心董事長以及文建會主委。身為戲劇學者，他致力於臺灣傳統戲劇推廣、歌仔戲、北管等傳統曲藝。著有《飄浪舞台：台灣大眾劇場年代》、《移動觀點：藝術・空間・生活戲劇》、《台灣劇場與文化變遷：歷史記憶與民眾觀點》、《日治時期臺灣戲劇之研究》等，散文集《馬路・游擊》、《南方澳大戲院興亡史》、《跳舞男女：我的幸福學校》，以及編導作品《一官風波》、《紅旗・白旗・阿罩霧》等。

文字風景

事物隨著我們看待的角度不同，會產生不同的意義。這些意義共同構築了事物展現在我們面前的樣子，但它往往也反過來揭露了我們自己存在的狀態。當我們檢視人與事物彼此之間的關係，也就是在檢視著這個隱而不顯的自我。想要認清自己，從身旁小物開始看起，不失為一個簡易可行的法門。

作者從名錶文化的社會現象開始，書寫自己之所以不願戴錶的原因。童年時渴望擁有手錶但心願難成，而小學同學竟為了金錶犯錯偷竊；長大後已經習慣不戴手錶，卻發現社會上有許多藉著手錶標舉身分的人們。作者在其中穿插了俄國作家班台萊耶夫的童話小說《金錶》的故事，點出由於心境的轉變，財富也可能成為生命的負擔。他自嘲「手骨」小支，不如不戴錶，但也正因為如此，生命變得輕鬆自在了。

如果錶因為能指示時間，所以成為時間的象徵，那麼綁在手腕上的手錶，豈不代表著人們被時間意識所束縛？當普通的手錶換成價值不菲的金錶，那細縛我們的除了存在的焦迫感，更是俗世對於價值與身分的認知了。作者跳脫出這樣的束縛，隨緣破密，展現出一種無可無不可的態度。從金錶到人生，戴與不戴，有待與無所待，智慧就藏在這樣的選擇裡了。

卷二・生命如何說明

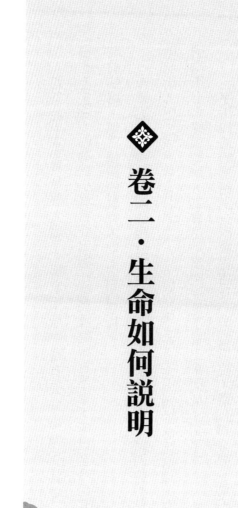

布魯克蘭的書匠鋪

童元方

如果波士頓算是個大城，那麼大城中還有許多小城，其中一個是布魯克蘭(Brookline)。因為這小城曾經出過一位美國總統甘迺迪，所以至今仍有人來遊歷：他兒時的住處，他望彌撒的教堂，他上過的學校。

布魯克蘭的中心，叫作柯立治街角，是個十字。橫斷的路叫作哈佛街，縱切的叫作號誌街。哈佛街很長，其盡頭不在布魯克蘭，而是在劍橋的哈佛廣場，有公共汽車往來；號誌街上是綠線電車，其實是地鐵剛從地下冒出來而成了街車。

十字街口的哈佛路上有兩家書店及一所電影院，還有麥當勞、星巴克什麼的幾個小飯館、小咖啡館，幾幢辦公樓。這個麥當勞與眾不同，牆上掛著一張甘迺迪坐在沙發上的大照片，你可以坐在他對面，一邊看著他，一邊吃薯條。電影院也很特別，是獨立經營的，不屬於任何院線，所演多半是小眾愛看的藝術片，兩家書店大的是有名的連鎖店，幾年前才開設的；小的可能也是連鎖，不過在此好久了，其名為「布魯克蘭的書匠鋪」

(Brookline Booksmith)。

不論是在哈佛上學時，還是畢業後，我只要一到柯立治街角，一定到這書匠鋪來尋書，今年也是如此。去早了，書店還未開門，我就站在店門前看櫥窗。

左邊的櫥窗上貼著指示的箭頭——賀卡與禮物。有些別致的禮品，比如大似棍棒的原子筆、小如豆粒的石英錶等，大概是送給畢業生的新款禮物。右邊櫥窗上則貼著「請再繼續努力」的標語，這是主題了。下面陳列了二十多本書，不論古今，都是經典之作。這些書有一共同點：作者如不是根本沒有上過學，就是小學、中學或大學的中輟生。但他們都以立言成就了大功。這豈不是說畢業固可喜可賀，沒畢業也非世界末日，總還有其他的路可走，看看這些書：莎士比亞的《哈姆雷特》、梅爾維爾的《白鯨記》、康拉德的《黑暗之心》、費滋傑羅的《大亨小傳》、傑克倫敦的《野性的呼喚》……！多少年來影響世人，既鉅且烈，而作者卻是在不同的求學階段，半途退下陣來。有從未進過學校的，如寫《東方快車謀殺案》的克莉斯蒂(Agatha Christie)；有小學未上完的，如寫《湯姆歷險記》的馬克吐溫。中學即退學的，有寫《嘉莉妹妹》的德萊塞；更有大學未畢業的，如愛倫坡之於維吉尼亞大學，福克納之於密西西比大學，史坦貝克之於史丹佛大學。

史坦貝克是一九六二年諾貝爾文學獎得主，與史丹佛的關係尤其特別。他在大學六年，學習寫作技巧，而並沒有畢業，那是根本不拿大學畢業當一回事了。

我看過《憤怒的葡萄》與《人鼠之間》，並不喜歡他。而櫥窗中的這一本《旅俄記》(*A Russian Journal*)，不要說未曾看過，我甚至未曾聽說過。

《旅俄記》不是小說，而是紀實的散文之作，是一九四七年七月至九月間史坦貝克與卡帕 (Robert Capa) 赴俄旅行四十天的實地觀察紀錄，是史氏的文字與卡氏的攝影的完美結合。卡帕是二戰中美國有名的戰地攝影記者。赴俄的動機，就大環境而言，始於前一年邱吉爾宣布了東歐鐵幕已拉上而冷戰開始。二戰中美國盟友的蘇聯忽然變成了敵人，令人困惑與不解。就小環境而言，史坦貝克與卡帕正面對自己工作上的空檔，兩人在酒吧裡相遇，說起當前之新聞不像新聞，只是把報館的電報拿來重新排列組合，就名之曰新聞了。沒有人寫俄國人，沒有人知道他們真實的生活，以及他們的所思所感。史坦貝克與卡帕一說即合，就在《紐約先鋒論壇報》的贊助下去了俄國。《旅俄記》是一部旅行日誌，但以新聞寫作為目的，這在當時是開風氣之先的。

據實記錄史達林治下的蘇聯，史坦貝克與卡帕的方法就是只以眼見為憑，以純粹攝影式的報導與照片來描摹所目睹的世界。而照片也就成了是次旅行的隱喻，因為你所能拍下的，正是史達林允許你所能見到的。這一點兩人出發前都很明白。還是用卡帕的話來說最貼切：

我們決定作老派的唐吉訶德與桑丘，一起去追尋——在鐵幕的後面騎著馬，用我們的矛與筆，來對抗現代的風車。

站在布魯克蘭書匠鋪裡，我迫不及待看起書來。隨手一翻是這樣一段：

在史達林石膏的眼睛、青銅的眼睛、繪畫的眼睛，或刺繡的眼睛的視野之外，蘇聯向來無事。他的肖像不僅掛在每一座博物館中，而且是每一座博物館中的每一個房間裡。他的塑像與所有公共大樓接界。他的胸像出現在所有的機場、火車站、公共汽車站上，也出現在所有的教室裡，而肖像通常是在胸像的正背後。在公園裡他坐在石膏長椅上與列寧討論問題。而針線活上的史達林繡像是學校裡學生們的功課。店鋪中售賣幾百幾千萬他的臉孔，而每一戶人家最少有一張他的畫像。當然，畫史達林、鑄史達林、繡史達林、塑史達林、打造史達林，一定是蘇聯最大的工業。他事事均見，處處都在。

我忍不住要擊節讚賞。差一點當場大叫起來。真是寫得好！

有人說《旅俄記》是史坦貝克所寫書中很重要的一本，但沒有得到應得的重視。在這書以前，史氏注意的是集體，這之後他逐漸轉向個人。當時的蘇聯，集體意識涵蓋了個人的創意、思想與行動，他回美以後，用了五年的時間才創作出《伊甸園東》：小說的重點在個人的道德選擇，而不再是《憤怒的葡萄》中那樣，聚焦於共產主義對普通人的影響了。

一個作者早期的青年作品與晚期的成年作品不相同，並非不常見。這畢竟是個人的小事，但影響卻太大了。僅以海明威而論，他早年所寫西班牙內戰的小說，何其華麗；而他最後的短作《老人與海》又何其淡雅！這種變化與其說是文風的改易，不如說是思想的成熟。史坦貝克的《憤怒的葡萄》也是華麗萬分，而這小本的《旅俄記》可說是淡雅備至，使我這最不喜歡史坦貝克早期小說的讀者讀到這本報導文學時，真是如獲至寶。

如果不是《憤怒的葡萄》的大著，史達林治下的蘇聯怎麼會讓他們入境採訪？而卡帕所拍的四千張照片自然不會讓他們帶了出來。雖然底片在中途被蘇聯官方扣下了一些。安全出境後，他們發現拍到蘇聯地形的不見了，拍到史達林格勒瘋女孩的不見了，拍到囚犯的全不見了。但農莊的、俄國人臉孔的全在，所幸那才是他們兩人旅俄的目的。

這小書的封面是一俄國農婦，可想而知是卡帕拍下的。她抱著與她差不多高的麥穗。

史坦貝克在書裡提到黑麥成熟的季節，男人在前用鐮刀割，女人在後用草繩綑，而小孩從一枝枝麥穗上搜集穀實，一粒也不糟蹋。千年來俄人都是這樣工作，因為還沒有新的機械可用。「農業集體機械化」云乎哉？

書內的照片中有一張是列寧與史達林坐在公園的長椅上。列寧好似閒閒地向後靠著，而史達林則身向前傾，指手畫腳地不知在向列寧說些什麼。這麼小的照片，竟能看出列寧與史達林的神氣來。如果不是史坦貝克說，我永遠不會猜到他們只是雕像而已，連長椅子也是。

我買了史坦貝克的《旅俄記》，走出書鋪，走在哈佛街的陽光裡，走上回家的路。

二〇〇六年七月於香港容氣軒

——《遊與藝：東西南北總天涯》，三民

童元方

臺大中文系畢業，美國奧立岡大學藝術史、東亞研究碩士，哈佛大學哲學博士。曾任教哈佛大學、香港中文大學、東華專上書院、為東海大學講座教授兼文學院院長。著有《遊與藝：東西南北總天涯》、《一樣花開：哈佛十年散記》、《水流花靜：科學與詩的對話》、《愛因斯坦的感情世界》、《為彼此的鄉愁》、《閱讀陳之藩》等。譯作有《德日進思想簡介》、《愛因斯坦的夢》、《情書：愛因斯坦與米列娃》與《風雨絃歌：黃麗松回憶錄》。另有英文著作多種。

文字風景

寫作之道有二，一是增事錦繡，一是落盡繁華。繁華落盡需要眼界，才能點石成金，看見凡俗世事中不平常的部分。本文可以說是對於後一道的詮釋，看似瑣碎記事，蒐羅舊聞，其實當中蘊藏著作者對於寫作的領悟和期許。

細細察之，本文有兩條線索，一是記述書店所在位置和櫥窗書籍陳設，二是史坦貝克《旅俄記》的寫作背景和內容紀要，但這兩條線索指向同一個中心，說的都是學院之外的寫作。只有張開心眼，才能從生活中發現真理。

但作者到底從中發現了什麼？從史坦貝克《憤怒的葡萄》到《旅俄記》再到《伊甸園東》寫作風格的轉變，從共產主義對集體的影響到個人道德選擇，我們不難想到文中所說史坦貝克與卡帕俄國之旅的真正目的，便是在觀察、體會共產主義下俄國人民真正的生活。對照布魯克蘭充滿自由、強調個人獨立精神與風格的書店、電影院等等，批判之意不言而喻。文中甘迺迪坐在沙發上的照片，與《旅俄記》中列寧、史達林坐在長椅上的雕塑照片，孰真孰假，值得讀者細細品味。

戰地斷鴻

陳義芝

今夜我在燈下想著父親。

在燈下，我翻閱《滇西抗日血戰紀實》，想起抗戰後期，父親在五十四軍強渡怒江、仰攻高黎貢山的經歷，清楚地又在各段硝煙文字看到他當連長的身影。

蘆溝橋事變，父親被拉夫而出川。在上海的交通壕溝裡，他搬枕木、抬鐵條，赤足棉花田被長鐵釘貫穿過腳板。守衛南翔橋一役，以汽油、稻草設防，火焰沖天中憑一挺輕機槍擊退一排敵兵，當上中士班長。

在這之前，他是效法桃園三結義仁字旗下的「袍哥」；是陳家山一家木廠、一大片梯田的三少爺；是長江上游忠州水岸販售川芎、蟲草、貝母的商旅。民國初年的四川，軍閥交爭地盤，土匪收糧收餉，父親白天上私塾，夜晚逃土匪。及長，進過「邊防一路軍事學校」受訓，也參加過四川軍。原有機會保送中央軍校，卻隨一陝西人學鑄幣，荒遊各地。等積攢了錢想回家，不料夜半發生如〈石壕吏〉「有吏夜捉人」的情景，領了一套粗布軍服、一個新編的隊號，直拉到上海，從二兵幹起。

我在燈下想著父親辭世前幾年，由於握筆的手顫抖，不再寫字、寫信；長日坐在背窗的一張躺椅，一搖一晃地假寐。屋子沒開燈，有些暗，他的臉背光，更顯模糊，總要靠近才知道他是睜著眼或閉著。額頭滿載歲月的疲憊，薄唇緊抿而微凹，渾不覺客廳人聲的喧譁。假日，我想帶他外出走走，多半時候他回答：「帶你媽媽出去散散心吧。我留著看家！」「隨他！——」母親往往賭氣道：「一輩子就只喜歡和外人在一起。」外人，指的是父親的舊日同袍。

我知道，母親並不了解父親。一個生於四川，一個長於山東，因戰爭逃難而結婚，婚後不數日，軍人父親即開拔上火線，年輕的母親隨一群眷屬，輾轉流徙，先到臺灣，半年後才遇見被共軍俘擄、憑一紙路條中途逃亡海南島、渡過海峽歸來的父親。命運曲折，生死折磨，會使一個人的心房像蜂巢層岩，一格一格儲存的不是蜜，是苦楚的沉積物。問題是誰能脫開現實的綑束，帶老去的他回到青年人生還沒有碎裂、憾恨還來得及收拾的時代。

一九八七年，政府宣布開放探親，我計畫陪父親回四川。有一天，他在同樣未開燈而昏暗的屋裡，講了一段一輩子令他愴痛的恨別。

「一九三八年，最艱苦的作戰期，日軍攻下九江、馬當，國軍在江西與湖北交界築防禦工事，日軍隨即又從武漢背後來襲。你祖母病危，家中連催九封信。我全未收到，隻字不悉，直到戰事告一段落，無意中聽一文書提及……」

父親用四川話，講武漢失守之際鄂北那場戰役。國軍在武漢整訓，他代理排長由徐家棚東行，渡江，防守田家鎮，隸屬五十四軍八十三團第三營第九連。「在敵機艦艇轟擊及毒氣危害下，苦戰兼旬，傷亡極大。九月底，九連奉命掩護五十四軍全軍撤退，在江邊的山頭布下三個排陣地，各領一挺機關槍……」

我訝異已隔了半個世紀的事，他仍分明記得，如鄉音，如不斷溫習的鬱結。

「天麻漬漬亮時，哨兵傳報，江上有一群鴨子。」父親用望遠鏡凝望，發現日軍水陸兩用裝甲車上百輛浮在微明的江面，很快就會靠岸。但國軍在江邊挖有三公尺寬的暗壕溝，裝甲車上岸將陷住，暫時可以擋一陣。他重新查看自己這一排構築的工事：機槍在石崖底下，洞口有一大叢黃金柴掩蔽，射擊及裝彈匣的人都可躲在壕洞裡。陣地前另有一條河，聽到河裡的涉渡聲音，即「叭、叭、叭」三發點放。由於黃金柴擋煙，敵人不易發現機槍位置。

雨越下越大，天雖放亮卻仍陰晦，隱約看見遠方山丘有日軍出沒。突見二崗哨踩水往回跑，緊急報告：敵人已連夜包圍此山，排哨已被俘，他二人因外出小解而得以突圍。

「不久，日機臨空，機關槍、六〇礮一起開打，陣地幾乎被打翻過來。從拂曉再入夜，連長負重傷垂危，另兩挺機槍沒了聲息。」父親說：「後來只剩我這一挺機槍還維持點放，一整天有槍響，敵人的部隊不敢貿然撲前。」山野無絲毫蟲鳴聲，只有人的哀號、呻吟斷續起落。他想起漸漸沉寂的另兩個排陣地，前一夜還傳出蒼涼的三弦。衣褲被雨浸透，一陣陣寒意令全身更加痠痛。

夜更深時，有同袍偽裝喊話：「陳連長！把你的機槍連拉到河邊防守。」目的是假造出一個營的聲勢。其實父親的排陣地只剩一槍、二人。「叭、叭、叭」他以三發子彈點放作答。不久，後山團防部派的中尉副官尋聲而至，手持黑巾遮蒙的五節電筒，問：「還有多少人？」說是奉團長令來查看。「還有兩人。」父親說。

「團長命撤守，但必須找齊三挺機槍帶回。」

他們憑記憶的方位，摸黑尋找，由父親帶頭，與副官及彈藥兵，推開阻路的屍體。其中一具機槍管還是燙的，上頭血黏黏地俯伏一個殉職的弟兄。好不容易把機槍找齊，一人扛上一挺。原本通過山腰竹林即可達後防，此刻日軍不斷以燃燒彈轟擊，火光通明截斷了他們的去向，只得繞道，將三十分鐘的路程延長成三個鐘頭。途經一座小廟，體力實在支撐不住了，有人提議休息。結果一坐下，三個人全睡著了。

講述至此，父親起身開燈，上廁所。我記得他曾透露，少時遇一麻衣相士，注視他良久，說兩眼間凹下，乃山根薄弱之相，沒有憑依。又說，活不過三十一歲，正應了一九三八這一年父親的虛歲。

「朦朧中聽到大隊人馬走過的聲音，軍靴喀哩喀啦地踩在碎石路面。是日軍……」父親形容，那聲音直接踩在鼓起的耳膜、跳動的眼皮和腦神經上，三人不約而同地坐起。中尉副官禁不住牙齒打顫，彈藥兵抓起槍想往外衝。父親伸手制止，等敵兵最後一小隊通過，三挺機槍往地上一架，密集捲起一排弧形火煙。敵人沿右邊大路竄逃，他們則乘隙扛槍從左側乾河溝退走，直奔團駐地張家口。天亮以前槍聲不斷，野地不時爆燃開照明彈。從河床翻上另一條小路，他們鑽進了另一片樹叢。

「身上的衣服被荊棘、利石刺得稀爛，血跡、灰土和汗水混黏在一塊兒。人人臉色灰敗，我嘴巴乾嗆嗆，長滿了火疱，擠不出一點口水來。歸隊時，發覺全連只剩下七個伙夫、五個傳令，連同前線回來的我和彈藥兵，計十四員。上級從別連調撥來二員，計十六員新編成一排。全軍再度退往蘄春、黃岡時，已是十月初旬。團長再度下令新編的我這一排留守，阻截日軍！」

父親說，拿下棋打比，這一排就是一顆犧牲子。結果這回敵人沒從正面攻打，繞過了隘口，直接幹上主力部隊。雖然這一年子彈曾劃破父親後頸，命還是僥倖地保存了下來。難過的是，在老家想兒子哭瞎眼的母親卻先走了！

「家裡寄的九封信，您都沒收到？」我問父親：「還記得信的內容嗎？」

「軍中怕影響士氣，全扣了。信是你姑媽寫的。第一信說：媽媽病重，請趕緊回來服侍湯藥……。第二信說：媽媽成天念你之名，茶不思飯不想，喃喃道：『家亨，喔，家亨回來了！』有時精神錯亂，四壁亂摸，放聲大哭。第三信說：媽媽走了，喪事由前媽生的大哥、二哥變賣家產安葬……。第四信說，你的孩子死了，你的妻子譚氏改嫁，你在國而忘家亡家……」淚水在父親眼眶打轉，他的聲音開始嘶啞。出川前父親原已結婚，育有一女。不過年餘，女兒竟然餓死，妻子被逼改嫁，古往今來亂世人的遭遇何嘗有異。

往後幾封信，姊姊氣急地質問他：怎忍心不回信？為何不回信？且追問部隊，這人是否已陣亡？果然已死，死在何處？當部隊轉進湖南常德時，又有一信，欲前來接陳家亨的靈回鄉。這時父親才看到信，他寫報告給團長說，戰事已告一段落，必先齊家才能報國，要求請假回鄉祭母。

團長說：「戰事半個段落都沒有！任何人都不能請假。即使讓你請假，你回得了四川嗎？到處都在徵兵、募兵……」「的確！」父親說：「不被國軍抓走，也會被紅軍擄去。當時紅軍的宣傳是，即使不戰死，也會凍死、餓死、曬死、徒步死，九死一生的路只有到延安。」

父親的部隊從湖南搭貨車兩日夜到廣東；從廣東徒步一月餘至廣西；再從廣西徒步四十天到雲南。其間補給不足，水土不服，兵士精疲力竭，拉痢又患夜盲，散失近半。而抗戰八年的時間也才過一半，距反攻騰衝、血戰滇西還待三年。

今夜我在燈前記下這一鱗半爪，想到父親晚年的無語，很像杜甫〈垂老別〉「棄絕蓬室居，塌然傷肺肝」描寫的心理：人生離合，哪管你老年還是壯年，從此與家庭決絕，肝肺為之痛苦得崩裂！

一九八八年五月，終於我陪父親回到他闊別五十餘年的家鄉，人事全非，親長無一存者。又過十四年，他卸下身心重擔，埋骨於臺灣北海岸。

——二〇一二年九月九日《聯合報》

陳義芝

一九五三年生於臺灣花蓮。臺灣師大國文系畢業，香港新亞研究所文學碩士，高雄師大國文研究所博士。曾任《聯合報》副刊主任，高級資深績優記者，輔仁、清華、世新、臺藝大及臺大兼任講師、助理教授。現為臺灣師大國文系教授。曾獲金鼎獎、中山文藝獎（新詩獎及散文獎）、台灣詩人獎。著有《歌聲越過山丘》、《邊界》、《青衫》、《新婚別》、《不能遺忘的遠方》、《不安的居住》、《我年輕的戀人》，並有英譯及日譯詩集於國外發行。學術論著：《從半裸到全開：台灣戰後世代女詩人的性別意識》、《聲納：台灣現代主義詩學流變》、《現代詩人結構》等。

文字風景

在《漢書‧蘇武傳》中，有「雁足繫書」之典。此為漢朝使者向匈奴王編造的故事，說是漢朝天子打獵，射中一隻鴻雁，雁足繫著一封帛書，上面說明蘇武還在某大澤中。漢使者依此前去責問單于，單于大吃一驚，只好釋放蘇武，讓他回到漢朝。「鴻雁傳書」便用來比喻書信往返。〈戰地斷鴻〉以書信作為文章關鍵，寫出大時代的悲劇以及親人妻子離散之痛。

一九八七年開放大陸探親，作者計劃陪父親回四川。父親在昏暗的屋裡講述著平生最愴痛的離別。這位軍人父親原已結婚，烽火中他的女兒餓死、妻子被逼改嫁，連想要回鄉祭母尚且不能。兩岸分裂，鴻雁斷絕，鄉愁自是越積越深。一九八八年，作者陪伴父親回到闊別五十多年的家鄉，而彼岸已無親人。父親最終歸骨之所，是臺灣的北海岸。〈戰地斷鴻〉與龍應台《大江大海一九四九》有同樣的離散主題，也同樣呈現了時代的苦難。作者敘寫父親生命中最劇烈的創傷，不渲染、不濫情，只讓事實本身說明一切。這事實本身，一字一句讀來，都化成了難以扼抑的晶瑩淚水。

煤炭堆上的黃蝴蝶

詹宏志

人生有一些記憶畫面意義不明，但卻又難以忘懷。譬如說，黑色發亮的煤炭堆上，有幾隻翩翩飛舞的黃蝴蝶，就是在我腦海裡盤旋了四十年的一幅畫面；我有時候也不能完全確定，這究竟是一個真實的經驗，或者只是一種長期堆疊而逐漸成形的花色想像？

好像總在傍晚時分，我家門前那條直街盡頭的天空，剛剛露出一片鮮艷的橘色，一輛大卡車噗卜噗卜地開了過來；有時候是母親，有時候是阿姨，帶著我在路邊等著，我可能是三歲或者四歲或者五歲。卡車嘎然在我家門口急急停住，兩個工人笑呵呵地從車上跳下來，和我母親打個招呼，立即俐落地掀開卡車屁股後的擋蓋，再跳上車用鏟子和鋤頭嘩啦嘩啦鏟下瀑布一般的煤炭來，那是一整車黑得發亮的上等無煙煤。卡車和工人都是從父親的煤礦裡來的，自己家生產煤炭，儘管當時一般家庭都燒木炭或煤球，我們家裡煮飯燒水卻用最高級的無煙煤。

天色這時通常已經轉為紫橙色，有些店家已經點起燈來了，鄰居三五成群拿著畚箕、竹籠和竹掃把靠了過來，不等到一卡車的煤炭都堆到路邊，他們就開始一畚箕或一竹簍地把煤炭裝回家。一卡車的煤炭堆在地上看起來像是巍巍一座小山，但整條街的鄰居都各取一簍子之後，只剩下小小一堆，這個時候，通常天色已經昏黑了，天空變成墨藍色，微微還有一點光，家家戶戶都已經點燃黃色的燈泡，卡車司機和工人匆匆道別而去，總是留下幾位鄰居幫忙把餘下的煤炭一簍一簍搬到我們家的天井去。最後一段景象，我並不是記得太清楚，因為到了那個時候，我通常已經倒在媽媽或阿姨的背上睡著了。

父親在遠方山區的礦場裡工作，四十天才回來一次，這個黃昏時刻卡車載運無煙煤來的場景不曾看見過父親，但你仍然感覺到他的權威與存在，因為鄰居與卡車司機都以尊敬的口吻談及他，工人也會捎來他的近況與行蹤。到了年紀較大的時候，我才能明白別人為什麼稱讚他的能幹與慷慨。

但是每當父親回家的時候，卻是我們小孩子緊張小心的時刻；通常我在一個陽光充足的早晨醒來，立刻嗅到一種不尋常的氣氛。這種氣氛究竟是什麼，我也說不太清楚，也許是一種小心翼翼的狀態，家裡的其他成員似乎在這一刻都以更輕柔的方式走路，說話聲音也更壓低一些。我從榻榻米的床鋪上掀開棉被爬起來，輕輕把紙門拉開一條小縫，我看見一床紅色被面的棉被覆蓋著一個沉睡的形體，遠方的茶几上出現一只木頭菸灰缸。

是了，這就是了，這證明昨天夜裡某一個時刻，父親已經回到家中；小孩的內心警惕起來，家裡將會在未來幾天氣氛嚴肅而緊張，意味著我們都得要更守規矩一些，否則會更容易受到斥罵；直到某一天，父親再度消失蹤影，回去他工作的山區，我們才又重獲自由一般，再度活潑喧鬧起來。

那部載滿煤炭的卡車則是父親看不見的權威的一種表徵，它總是在家中煤炭即將用罄之際準時出現，並且帶來鄰居們得以共享的數量，整個鏟煤、肩煤的勞動過程，我可以感覺到整條街上洋溢著幸福歡樂的嘉年華氣氛，配合黃昏時天色從金黃轉橘紅、紅紫轉暗藍的顏色流轉，像是一幅舊日的彩色剪影，這些事雖然都發生在六歲以前，我仍然能夠記得清晰的畫面。

鄰居們七手八腳幫母親把煤炭搬運到二樓家中的天井，那是屋裡唯一一處透天光的地方，雖然位在房子中央，但感覺上更像個陽臺。紅磚矮牆角落邊上就堆著那一小座黑亮的煤炭山，牆頭上擺著幾盆肥美的蘆薈和花草，頭上則低斜架著晾衣的長竿子，每天掛曬著不同的洗淨衣物，我們家裡養的貓也常常睡在牆垣上，或者蹺踞在煤炭堆的高處。

我還太小，沒有大人或兄姊陪同，不容許步出屋門；我平常只能在房內四處流竄，一會兒躲進棉被櫥裡，一會兒在臥房的榻榻米打滾，或者鑽進熱氣騰騰的廚房，呆呆看著母親和阿姨切菜燒水煮飯，但更多的時間，我喜歡逗留在這片看得見天空的天井裡。從天井的矮牆望出去，看得到基隆遠方的山丘和密密麻麻的房屋；天色通常是灰灰藍藍的，每天都會下一小場雨，先是飄下輕柔的小雨絲，左鄰右舍不知是誰總會先叫喊：「雨來！」但大家一面呼應著，一面也不慌忙，慢條斯理出來收拾好晾曬的衣服，下的也還是打不濕頭髮的毛毛雨；過一會兒，雨才加大了一點，這時總有大人會斥喝我趕緊進屋內，不然會著涼，大人們說。

雨水通常不會持續太久，鄰居也會有人先喊出：「雨停囉！」陽光又灰撲撲微弱地照應著天井，並且穿過屋簷滴落的雨水折射出彩虹的繽紛。我再度回到這塊小天地，貓也先我一步搶占好牆頭的打盹位置，地上的紅磚面還有點濕意，牆角的青苔更翠綠了，那堆無煙煤則晶瑩剔透，身體沾滿露珠一般的雨水，黑亮得更加富有光澤；這個時候，很少有例外，總是有三兩隻鮮黃色的小蝴蝶在黑色的煤炭堆上輕巧起舞，牠們相互呼應地時飛時停，彷彿跟隨某種節奏韻律，又彷彿是一種親密交談，黑黃相間的光影流動，透露出一種神祕詭異的氣氛。

黃蝴蝶為什麼流連在黑色的煤堆上？我從來沒有想到要追問。直到有一次，父親帶我到他工作的礦場去，礦坑外堆著一堆又一堆幾層樓高的煤炭山，每一座煤炭山上都飛舞著數百隻的黃蝴蝶，才四、五歲的我，懵懵懂懂察覺蝴蝶與煤炭是有某種關聯的，並不是幾隻黃蝴蝶恰巧飛到我家的煤炭堆上。

並沒有大人能夠回答我的疑問，或者我也從來沒有問過。但這個畫面就停格在小孩的記憶之中，他經常反芻這個奇特的畫面，每隔一段時間，他就自己給自己一個解釋性的答案；直到多年之後他上了高中，有一天他突然猜想，蝴蝶一定是因為煤炭中熟悉的木頭香氣而纏綿不去，對蝴蝶來說，那一堆山積的煤炭不過是另一座沉睡的黑森林。得到這個可能完全是浪漫想像的答案之後，他的知識追究就停止了，他已經因為相信而受到釋放了。

我的基隆歲月並不久長，一天夜裡，母親搖醒我，我和二姊、二哥和弟弟，都穿上全身漂亮的衣服，隨著盛裝的父親來到市區。我們在火車站搭上一列夜間的長程火車，小孩們都不知道發生什麼事，只知道母親半夜裡默默地包裝東西，已經連續好幾天了。火車在沉重的黑夜裡呼嘯行進，遠方有星光和燈火閃爍，我們都沒有說話，我緊緊抱著一本漫畫，倦極累極睡去；再醒來時，天色剛亮，我們來到一個遙遠而陌生的地方。但旅程還沒結束，我們繼續轉搭巴士，在天光微曦中，空蕩蕩的巴士駛向一片片綠油油的田地之間，最後到達臺灣中部一個青翠明亮的鄉村，它的景色與港都基隆截然不同，空氣的味道也完全不一樣，背景裡蟲鳴鳥叫的聲音更是相當異國情調。我當時並不知道，父親已經失去了煤礦，而我從此不再有堆著煤炭的天井，貓也與我們永久分別了，火車轉換了月臺，我們的生命換了場景，另一個世界正在等著我們。

——《人生一瞬》，馬可孛羅

詹宏志

一九五六年出生，臺灣南投人，臺灣大學經濟系畢業。擁有超過三十年媒體工作經驗，曾任職於《聯合報》、《中國時報》、遠流出版公司、滾石唱片、中華電視臺、《商業周刊》等媒體，擔任總編輯期間，曾策劃或編輯超過千種書刊，創辦《電腦家庭》、《數位時代》等超過四十種雜誌。現職PChome Online網路家庭國際資訊股份有限公司董事長，也是電腦家庭出版集團和城邦出版集團之創辦人。詹宏志對社會趨勢發展洞見精準，總是開創新局，引領臺灣新文化走向，為臺灣出版產業帶來嶄新的經營概念。著有《兩種文學心靈》、《趨勢索隱》、《創意人》、《趨勢報告》、《城市觀察》、《城市人》、《閱讀的反叛》、《人生一瞬》、《綠光往事》、《偵探研究》等多種。曾策劃和監製九部電影包括：《悲情城市》、《戲夢人生》、《牯嶺街少年殺人事件》等。

文字風景

記憶並非某種固著不變的事物，它不斷流動，時刻遷變。尤其是童年的記憶，往往只餘斷片，意義曖昧難明，只有一再叩問追索，才能窺見其中存在的真實涵義。

作者敘述童年時因父親在基隆的煤礦場工作，家中用煤無虞，卻總在雨過之後，看見煤炭堆上飛舞著黃色的小蝴蝶。這個畫面連繫著幸福而美好的記憶，卻引起作者無限的好奇心。直到父親帶幼小的作者到礦場參觀，他才意識到蝴蝶的出現並非偶然，而是某種內在的因素所致。

我們可以發現這一段的敘事人稱，由第一人稱的「我」，變成了第三人稱的「他」。這代表著作者從主觀的記憶中跳脫出來，轉而去追索這個畫面的意義：蝴蝶眷戀煤炭中沉睡的黑森林，所以徘徊不去。看似無關緊要的思索，卻成為解讀這篇文章的重要線索。因為後來作者舉家搬遷到臺灣中部，基隆的一切便斷裂在童年彼端了。如果千萬年前的森林沉入地底所化成的煤炭，仍然能引得今日的蝴蝶纏綿飛舞，那麼斷裂在童年彼端的記憶，豈不能讓今日的我殷勤垂詢？至此我們才明白，這個盤旋在作者腦海四十年的畫面，其實是一種象徵，代表現在與童年的連結一直存在著。而這篇文章所寫的，正是「因為相信而受到釋放」，那屬於內在情感的宣洩。

人生總在追求一種完整，或許我們腦海裡那些不知何來的記憶斷片，也藏著許多值得追索與書寫的故事吧！

孤獨的理由

林黛嫚

你第一次看見他，他坐在客廳的藤椅上，那一組五張，圍著一張藤製圓几，他坐的那張藤椅正對著一架十四吋黑白電視，見你進來，他瞪著小小螢幕的表情沒有絲毫變化。往好一點想，是他電視看得太入神，無法騰出心思向來客招呼；若依你如大和民族般多禮的性子，那麼那不似好客鄉親的行為未免令人詫異。

後來你對這屋子、這一家人有些認識，發現他那不動的姿勢才是自然，和這周遭的環境相配。

譬如距離經濟起飛的六〇年代已有一段時間，政府主農政的官員也一天到晚強調「富麗的農村」，可是這戶農宅仍維持十分原始的農家型態。從大馬路拐進來，是一處大曬穀場，一排屋舍對著曬穀場，臥房位列廳堂兩旁，廚房旁是倉庫，堆滿自家田裡生產的稻米，倉庫外是菜圃，種著自家栽種的青蔬。於是吃自家的米，自家的菜，自家養的豬的肉，傳統的農業社會不就是如此自耕自足？只是在現代工業社會能自給得這麼徹底還真不多見。

再譬如，相對於都市公寓寬敞許多的屋內，竟然沒有廁所。浴室是搶了廚房一點空間，於是你用大灶燒開了水，方便直接提進浴室，再把一旁的木板扶正，那就是門了，如此簡陋。這麼說，那位於屋外的廁所也不算什麼了。

你為了解燃眉之急，必須揣幾張廁紙在手上，穿過廳堂，繞過曬穀場，把綁在門上充當門鎖的繩子解開，你可別被衝鼻的臭味以及向著人撲過來的蒼蠅給嚇壞了，更要小心的是，別一時暈眩，沒看準那踏腳板，那會有墜坑滅頂的危險。

花了這麼多口舌述說那讓你一夜都不肯住下的地方，只是為了說明當你的未婚夫聽到你的抱怨，殷勤地摟著你說，就為我住一夜吧，這可是我生長了二十多年的地方時，你的淚水為何止不住地潸潸而下。

你其實明白什麼樣的人生都有，你非得柔軟的彈簧床、曬得鬆暖的被褥不肯睡，非得合口味的食物才肯讓它進入你的胃，但在這個未來的大家，你草草把乾硬的米飯扒完，然後在硬木板床上不時翻動發痛的身軀，一夜難眠。

你當然只肯過一夜。隔天你帶著諸多疑問離去。走進這戶傳統農家前，未婚夫指著大馬路前的茂盛水田，說，從這兒到那兒那兒，都是我們家的，還有溪邊那一片望不見盡頭的蓮霧園，還有養蝦池等等，只要其中一兩項，都可算是富麗農家，那麼為何不生活得舒適些，至少，在屋子內蓋個廁所吧。

你終究會知道關於孤獨的理由。

你們的婚宴上他並未出現，他應該來主持婚禮的，但是那時原來尚稱美滿的家庭已經有了變化，他結縭三十多年的妻子離開他，說是孩子大了，她為家庭作的犧牲該是終結的時候，她要去追求自己的人生。為免婚禮因這對不合的老夫老妻而氣氛尷尬，所以得知他不出席時，大家不約而同鬆了一口氣。你並不知道你們杯酒觥籌、幸福無限時，他起個大早，正試圖從那荒僻的農村出發，先是追著客運車冒黑煙的車屁股，氣喘吁吁好不容易趕上老舊的客運車，車子晃蕩四十分鐘來到火車站，再搭一小時才有一班的小火車到大城市轉搭北上快車，希冀火車不要誤點才能趕上他兒子的婚禮。

當你們被同事們促狹共飲一杯莫名滋味的交杯酒時，他在中部大站下了車，繞著彎彎曲曲的地下道走到對面月臺，靜靜等候下一班南下的火車，這時候不必非快車不坐了，反正無論如何都到得了家，回家的路雖長總不比人生路漫長。

你沒有問那婚宴上空著的主婚人位子，有些答案知道了並不比不知道好，但是當熱鬧的婚宴到了終曲，看著歡鬧之後的寂寞，他那靜靜坐著動也不動的身影竟然和滿地的碎紙殘羹一起侵占了你的記憶。

丈夫告訴你，他是多麼聰明的一個人。小學全校第一名畢業，如果像前輩畫家一樣偷偷離家，遠赴異邦，先讀高等學校再進醫學院、藝術學院或商學院，於是返鄉時便可當醫生、畫家或企業家，但是他不能，他是家中長子，有四、五個弟妹要拉拔。他只得背起形狀神似枝仔冰筒的藥筒下田噴灑農藥，噴完水田噴蓮霧園，噴完農藥還有河邊的鴨子要餵、還有蝦池要照料。如此夫婦二人日夜不休，稍有積銀，便去買一小塊田，集合幾處小面積的旱田，再換購面積大一點、近馬路邊的水田。除三餐溫飽，一分一毫都花在弟妹身上，這便是那農家明明有厚實的基業卻不捨得張揚的緣故，他珍惜那辛苦掙來的每一分錢。這些錢讓大弟唸商學院，二弟拿了資本蓋一座養豬場，小弟在東部買了一座山自給自足，也為兩個妹妹覓得良好歸宿，備妥嫁妝歡鑼喜鼓出嫁。

像這樣的事並不陌生，你在很多書上看過，人生的情節像走馬燈一樣在不同的人身上不斷重複，你們的長輩很多是這樣走過來，有的父親也曾以抱憾的語氣回憶當年他拿到日本某中學的入學許可，被多桑發現後當面把那顯示美好光明未來的一紙通知書撕得粉碎，時移事往，那位父親留在家鄉繼續走人生的路，除了偶爾以一絲絲遺憾的心情追憶之外，又能如何？那種天地悠悠，四顧茫然的感覺也是孤獨的一種吧。

眼看他的人生任務快完成了，那蟄伏二十年的雄心壯志卻一夕復甦，他想接續起年輕時的夢想，他當然不能繼續唸書，卻可以從其他方面證明他的能力，於是他養豬、養牛、養熱帶魚、種檳榔，也許是方法不對，也許是時機不對，他的每一項事業都以失敗告終。他當然很幸運，有事業有成的兄弟接濟，有家庭穩定的姐妹幫忙，這些失敗的虧損他承受得起，他承受不起的事是，他得靠他的弟弟賞給他個差事。一切不對勁就從那時開始。

孤獨並不僅是文學家習於抒發的題材，也是心理學家頗費筆墨研究的主題。從荊軻的風蕭蕭易水寒、項羽的獨立烏江、盧騷的歸遁隱廬到梭羅的華爾騰湖畔索居，許多的文學家為此寫下謳歌的篇章，許多心理學家為他們的心靈找到學理的依據，不管他們怎麼闡釋、分析，至少你同意「孤獨是人生的基調」。那種與生俱來的孤獨感並不陌生，你記得你很小時向母親伸出需索的手，卻等不到一隻溫暖的手回握；你記得所有在田野獨自嬉玩的時光；你記得每一次在熱鬧的人群中那不由自主的冷寂；你記得你在「有伴的孤獨」過程中如何學習和自己相處。可以說，你很習慣孤獨，你只是不習慣和孤獨的人共處。

婚後，你和丈夫回家。農家還是農家，少了女主人打理，似乎更加破敗。

你必須擔起振衰起敝的工作，雖然你並不擅長。首先你把一屋子的空保麗龍便當盒丟出去，如果你有興趣，可以數一數有多少個，那麼你便知道女主人離家多少日子；接下來你把老舊得只剩螢光點點的黑白十四吋換了大一點、新一點、彩色的電視機；你還燒了一頓飯，不怎麼可口，卻有家的味道。然後，你們去散步。

為什麼要去散步，這麼久了你其實已記不真切，也許是年節的氣氛，團圓佳節不都該闔家出遊嗎？也許是你覺得他在那藤椅上窩坐，都坐出一凹人形了，想必對健康有損；也許你不知要說些什麼，不經意脫口而出，我們去散步吧，他應聲而起，你來不及轉換話題。

你丈夫駕車，到離農家最近的名勝，傍晚的澄清湖除了湖水清澄外，斜薄夕陽掩映更添隱約美感，遊賞、運動的人不少。你丈夫藉口連夜開車疲累，要在車內休息，於是你只得和他二人緩步走向湖邊。

晴日雖冷，那經冬陽籠罩整日的湖畔，迎面吹來的風卻是和暖的，但你有些緊張，就算你把身邊這人當作自己父親，也不能舒緩幾分繃緊的情緒，因為你也沒有和父親散步的經驗，一家之主為生計忙碌，總是步履匆忙，哪能和你如此悠閒地踱步？

你側眼看他，和你丈夫相似的樣貌，霸氣的濃眉，粗獷的絡腮鬍，下巴緊抿透露出堅定的意志。你只和他相處半天，以為他並不難處的感覺並不準確，你只是在心中沉吟，他到底屬於哪一種孤獨？英雄豪傑，心比天高，覺眾民渾濁而感高處不勝寒的孤獨；沉潛自求，自願離群索居，追求性靈的孤獨；或是殘弱老病，眾叛親離，孤苦無依……他那在夕陽光影下更顯明的，揮之不去的孤獨的暗影，到底是哪一種理由？

你不知道他的記憶停留在哪一個時空，你甚至沒和他說上一句話，你們只是各懷心事沿著湖邊向前推移，走著走著，遊人漸稀，這就是散步吧，再繞半圈就可以提議轉回程，你正這麼想。

突然，他對著迎面而來的一位婦人，對著從你們身後擦肩的男人，說：「這是我媳婦」。什麼？這是你問，在心裡問。最靠近你們也許聽到他突如其來的這一句話的路人，停下腳步，看了你們一眼，又繼續自己的路程。

「這是我媳婦」，他聽到你心裡的問話，又說了一次。

你看了看他那靦腆而有幾分驕傲的神情，忽覺一股熱氣衝上腦門，在眼眶邊繞呀繞，尋找出口。原來他這麼在意你，這麼在意他的人生的新角色。

你彷彿明白孤獨的理由了，你記起尼采說的，「孤獨是我的原鄉，我純粹、美好的原鄉」，既然孤獨是一種宿命，那麼再多的解釋都是沒有意義的。你讓那長著厚繭的大手握住，讓他疏散他的孤獨，伴隨那沉落下的夜幕一起散向天地。

——《你道別了嗎？》，三民

林黛嫚

臺灣大學中文系、世新大學社會發展研究所畢業，世新大學中文博士。曾任《中央日報》副刊主編、《人間福報》藝文總監、東華大學駐校作家。現為淡江大學中文系助理教授。曾獲全國學生文學獎、文藝協會文藝獎章、中山文藝獎等。作品融合現代都會女性特有的理性與感性，充滿著都市的節奏感。著有《粉紅色男孩》、《本城女子》、《你道別了嗎？》、《平安》、《林黛嫚短篇小說選》等。

文字風景

在林黛嫚筆下，人與人的關係總可以折射出各種精彩。這篇〈孤獨的理由〉看似與自我對話，實則是在身分轉換裡看見生而為人的孤獨，以及相互陪伴的力量。作者以第二人稱進行敘述，用「你」作為敘述基調，保持了觀照的距離，也拉開了情緒的侷限。如此似乎更能若即若離，反思孤獨是怎麼一回事。就文意而言，「你」其實可以代換為

「我」。「你」所知所解的一切，其實便是某種「我」的投射。作者從未婚、結婚寫到已婚，女性身分層層轉換。自我是什麼？自我就是孤獨。那位孤獨的長者亦復如是，在人際稱謂裡重新定位自我。以己度人，深諳小說技法的作者何其感慨地寫道：「人生的情節像走馬燈一樣在不同的人身上不斷重複……，那種天地悠悠，四顧茫然的感覺也是孤獨的一種吧。」

人生的真相之一可能是，陪伴的盡頭就是目送。一位探測人際關係的女性，照見自己的孤獨，也照見一位長輩的孤獨。孤獨原不是絕對的，乃是相對而論的。文中的主角婚後和丈夫回家，那個農家少了女主人打理，似乎變得更加破敗。她在一次散步路程中發現，原來老者這麼在意他的人生的新角色。我們因此或可稍稍明瞭，唯有在人與人的關係裡，才更能明白什麼是孤獨、以及孤獨的理由。能夠疏散孤獨，獲得陪伴與溫慰，終究是好的。

Nothing

王文華

二〇〇四年底，在企業界上班了十年之後，我辭去工作，到美國旅行。到美國當然要講英文，一路上我最常用的一個字是：「Nothing」。

臨走前跟臺灣的朋友告別，很多人都驚訝念MBA、一向喜歡忙碌的我竟然辭掉工作。觀念保守的媽媽憂心地看著我：「那你豈不是失業了嗎？還有心情去度假？還不趕快去找工作！」獵人頭公司打電話來：「你對哪個產業有興趣？走之前要不要見個面，讓我們為你重新做生涯規畫？」老友們也傳簡訊來：「那你接下來要做什麼？」

對於這些問題，我的答案都是：

「Nothing」。

我來到母校，位於舊金山旁一個小鎮的史丹佛大學。史丹佛像一個森林公園，到處都是草地、樹木、松鼠、麋鹿。我住在森林中的招待所。早上起來，打電話問候東岸的朋友。

「你打算待多久?」

「不確定。」

「在史丹佛做什麼?」

「Nothing。」

「怎麼可能 Nothing?你一定有做 Something!」

「我想想看……昨天早上六點起來……」

「幹麼那麼早起?度假不是應該睡到自然醒嗎?」

「我六點就自然醒過來了啊!為什麼自然醒一定要到下午兩點?」

「我不知道你這麼早起是幸運還是不幸……,然後呢?」

「然後我去樹林裡跑步,用力吸很多空氣。回來後洗澡,看晨間新聞。然後開車到樹林深處,看到一大片草原上有一棵孤立的樹。下午到以前讀過的商學院,進教室旁聽財務課程,跟同學一起拿講義,認真算老師丟出來的習題。然後在校園裡走一走,看看布告欄的廣告。後來在書店買了幾件史丹佛的衣服,送給臺灣的朋友。晚上跟以前的朋友吃飯,回來就九點多了。回家後打開電視,看看美國最近紅的節目。睡前把白天買的書和報紙看一看,一天就結束了。」

朋友問：「既然在度假，為什麼要去上課？」

「我不是在度假。」

「既然來上課，怎麼可以到處去玩呢？」

「我好像也不是來上課的……。」

「那你在幹麼？沉澱嗎？」

「我又不是烏龍茶。」

「那是思考人生未來的方向嘍？」

「沒那麼嚴重啦！」

「你到底在做什麼嘛？」

我說：「Nothing」。

我三十七歲，在事業和人生上，都到了可以開始尊敬和享受「Nothing」的時候。從小到大，生活的目的、奮鬥的方向，都是一個可以明確定義的「Something」。國中時要考高中、高中時要考大學、畢業後要找工作、工作後要升遷。我們衝鋒陷陣，卻很少問自己，追求的 Something 是不是我們真正想要的東西。

社會的價值觀影響了我們的自信，當我們處於「待業」狀態時，也不好意思承認，還必須勉強編出一些堂而皇之的道理，比如說：「喔，我想歸零，休息一下，出國充充電，整理一下思緒，規畫未來的路。」很少人敢大聲地說：「我不是在休息，也不是在沉澱。我就是無業游民，我做 Nothing！」

忙於 Something 的朋友，沒空跟我吃飯。我和另一位比我資深的「Nothing」同學見面。他在網路狂飆時狠狠撈了一票，四十歲宣告退休。我們沒時間吃飯，只喝咖啡，因為他第二天一早自願到斯里蘭卡救災。

「這是我兩年來第一次做的 Something。當長久都做 Nothing 時，突然做起 Something，而且是自願的、有意義的 Something，我覺得好快樂！」

我很少聽到在臺北上班的朋友說：「我覺得好快樂！」

我當然不像我的同學那樣有本錢做 Nothing。我甚至懷疑他在網路狂飆時撈的那一票，就是我在網路泡沫化後賠的那一票！我單身還好，如果要養家，就更不可能做 Nothing 了。但退一步想：工作到四十歲，總有一些積蓄吧。如果願意過簡單生活，Nothing 維持幾個月應該不是問題。除非你事事要求五星級，或是坐擁金山卻還要為二十年後退休做打算，那就真的不適合 Nothing。我做 Nothing 的幾天，最貴的單筆消費是 9.75 美元的電影票。爆米花只敢買小包，意思意思就好。但只要電影好，散場後一樣快樂。於是我發現：由奢返儉，其實沒有那麼難。

回招待所後我打開電腦，視窗在跑的一分鐘，一隻做 Nothing 的鹿跑到我的窗前。我對牠微笑、和牠搭訕。我不知道在臺北，對一個忙於 Something、地位崇高的美女，我敢不敢這麼放肆？

我打開 Messenger。一名在香港的投資銀行上班、位高權重的朋友對我說，「我真佩服你的勇氣，和放下一切、斷然改變人生的決心。」

我不知道他是不是叫錯了人。其實我膽子很小，也沒經過什麼「放下一切、斷然改變」的心路歷程。好像肚子餓了就去吃飯，我的決定其實很簡單。我很怕別人把我想得很悲壯，因為我容易笑場。別人把我的表情詮釋成悲傷，其實我只是香港腳在癢。我感謝朋友的讚美，但那種「風蕭蕭兮易水寒」的思惟方式，還是在「Something」的模式裡打轉。那樣的模式是：我對我現在做的 Something 不滿，我痛定思痛要改變。我改變的方式是做另一種 Something，而那種 Something 叫做 Nothing。那樣的模式好像是不喜歡紅色的壁紙，於是用白色的壁紙把整面牆蓋過去。但我想做的，只是當一面沒人注意的水泥牆。

「那當水泥牆是為了達到什麼目的？」他問。

「當水泥牆本身就是目的。」我說。

「這樣的目的有意義嗎？」

「意義可大了。它讓我們把多年來情願或不情願被貼上的壁紙一次清乾淨。讓我們重新感覺做一面牆的質地。Nothing 像是在無人島上脫光衣服，可以幫我們恢復原來作為人的本能、品味、價值觀，和其他各種身體和心靈的機能。」

「這樣被動好像沒有在過生活！」

「我們都太努力『過』生活了，自己把自己搞得眼花撩亂。偶爾，你要什麼都不做，讓生活自然『發生』在你身上。餓了，就找最近的餐廳吃。下雨了，就淋一下。愛上了，就親吻她。失戀了，大哭一場。當你的水泥牆不再貼壁紙時，你就可以閉起眼睛，讓全世界在你身上塗鴉。」

在史丹佛的下午，我閉起眼睛，和一位年紀和我一樣，卻曾經得到癌症的朋友見面。她北一女臺大哈佛大學，從小到大是專業的第一名。我們坐在草原孤樹下的野餐桌，講話時口中冒出熱氣。

「你還在大學教書嗎？」

她點點頭，「其實我現在的生活方式和你一樣。一個禮拜上幾堂課，其餘時間在家看書、寫論文。偶爾出門，和朋友見見面。」

「出去時自己開車？」

「我都坐公車，因為這樣可以走路，我需要運動。」

「身體還好嗎？」

「我每三個月回去檢查一次。目前都控制得滿好的。」

「你看起來很開心。」

「是啊。也許事業上沒什麼成就，但至少完全是在過自己想要的生活。」

我很少聽到在臺北上班的朋友說：「我完全是在過自己想要的生活。」

「你很幸福你知道嗎？」她停頓一下，說，「你不需要癌症來把你喚醒。你借一種溫和的方式，改變了你的生活。」

我點頭：「那種方式叫 Nothing。」

我陪她走到公車站，看她上了車。我一個人走回校園，雨滴打在草地。優秀的朋友生病了、有錢的朋友不快樂、結婚的朋友不跟老婆講話、單身的朋友寂寞到自殺。在美國或臺灣，我們這相信「修身齊家治國平天下」的一代，仍然在掙扎。我走到十字路口，不知道現在是幾點、接下來要去哪裡。突然間招待所外面那隻超辣的鹿出現了！我微笑，跟著牠走下去……。

去做什麼呢？

Nothing。

——二〇〇五年一月七日《中國時報》

王文華

一九六七年生，臺大外文系畢業，美國史丹佛大學企業管理碩士。曾獲《聯合文學》新人獎短篇小說首獎。曾任職於紐約 Dun & Bradstreet 公司、臺灣迪士尼電影公司、MTV 電視臺。觀點犀利又風格獨具的個人創作，讓他成為風靡兩岸的知名創意作家。著有：《史丹佛的銀色子彈》、《快樂的50種方法》、《Life 2.0：我的樂活人生》、《開除自己的總經理》、《蛋白質女孩》、《61×57》、《蛋白質女孩2》、《倒數第2個女朋友》、《我的心跳，給你一半》。

文字風景

在現代社會中，許多人「做不了自己」，逃避了自由，也逃避了生活。所有的選擇都必須付出代價，王文華這篇〈Nothing〉讓我們看見生活的種種可能，而一切目的與意義，原來都是操之在己的。他很少聽到在臺北上班的朋友說：「我完全是在過自己想要的生活。」王文華在文章中用輕鬆淺顯的語句，提出了自己的生活觀：「我對我現在做的Something不滿，我痛定思痛要改變。我改變的方式是做另一種Something，而那種Something叫做Nothing。」他以兩個英文單字Something、Nothing作為對照，呈現出「無所為而為」的瀟灑自在。「沒有目的」本身，或許也可以是某種目的。

主流的、普遍的社會價值觀，促使我們去追求可以明確定義的人生，為了學業、工作、升遷持續地努力奮鬥，卻很少問自己這「Something」是不是自己真正想要的。在社會價值觀裡喪失了自信，無法成為「真心想要成為的那種人」，讓人們越來越無奈。「Nothing」或許是一把鑰匙，可以打開生活的另一扇門，讓我們享受從容悠哉的人生風景。

空地

柯裕棻

臺北周邊偶爾還可以看見空地。無用途、無計畫、無所謂的那種空地。不算荒廢，但也不知其所以然。這種空地原來可能是老房子，為了某些緣故給拆了，也許又有甚麼紛爭未解決，就此擱著。或者它從來就荒在那兒，曾經是田，是某個人的財產，但那人無所圖謀，因此就一直瀟灑下去。總之是個看不出打算的地方。

這種空地既不是工地，也不是公園。它沒有變成甚麼也不特意為誰留白，完全不整理，彷彿這空間不屬於世間，功能和價值都如浮雲。若是在山窪子，它就灌木叢生；如果在河邊，它就長滿蘆葦和芒草；若是一般平地，它就野草離離，一歲一枯榮。

有些空地草不長，地面整齊，四面無圍籬，任由眾人行走，便成了一個小小的散步場。附近人家的小獵犬就在這裡放開拴繩自由奔跑咬飛盤，小孩對著頹牆扔球，叔伯嬸姨也會在黃昏到這裡繞圈子行走健身，或是練甩手拍打。這也不是強佔民地，只是權且借用，那塊地就在眾人的行走實作中有點公園的樣子。直到某一天，挖土機來整地，封了起來，平時天天來散步的人們就背著手在一旁指指點點，一開始又抱怨卡車擋路又嚷著要提噪音申訴，後來就天天到附近來監工，可是誰也刁鑽不久，日子過去，高樓蓋起來，地價上漲，眾人另覓去處散步就算了。

在更偏僻的市郊還有更大片的野地，陰天時候暮靄沉沉楚天闊，天邊的雲直接壓著電桿，電桿逼著藤蔓，藤蔓纏著牆邊的蘆荻，蘆荻在風中瑟瑟。這種空地也不荒涼也不廢敗，還猛著鬱著，儘管空無一物，卻像有甚麼要發出來似的，還有野氣。彷彿可以做為艾略特名詩「荒原」的朗讀場景。

這種地方通常前後無店，僅有零星住家門戶深鎖。

我從某市郊的小聚落往城內去的時候，看見有個斯文的學生樣男孩，在朔風野大的荒地上縮著頭茫然行走。他穿白襯衫深藍帽T，咔嘰布褲，膠框眼鏡。他有良善的氣質和溫馴的神色，在陰沉荒莽的天地之間看起來猶如一頭迷惘離群的小鹿。他實在錯置了，他更適於在書店、咖啡屋、或夜晚鬧區的街頭獨坐獨行，或者在公園內餵流浪貓。他不知怎的在這地方出現，而且張望四顧的樣子又不像是附近的人。他不是來這一帶拍照的藝術青年，也不是特地來找尋靈感的文學青年。他就確實像個要去圖書館查資料的學生。

這男孩走過電桿，跨過矮牆，走進及膝的白花雜草地，溯溪似的朝蘆葦叢走去。膽子忒大也不怕有蛇或甚麼。

然後他面對矮牆和蘆葦叢，便溺了。完事又慌張離去，犯了甚麼錯似的。這也如同一頭天真幼鹿的行徑。

男孩離開之後那矮牆上有一點點濕漬，空地感覺更空了。不知道來春那蘆葦和白花叢會否更茂密呢？

——二〇一〇年十二月二十六日《中國時報》

柯裕棻

彰化人，一九六八年生於臺東。美國威斯康辛大學麥迪遜校區傳播藝術博士。現任教於政治大學傳播學院，研究主題為電視文化與消費社會。柯裕棻擅長觀察生活，文字甜美中帶有幽默，有獨特的韻律感。曾在多家報章雜誌上書寫專欄。著有散文集《青春無法歸類》、《恍惚的慢板》、《甜美的剎那》、《浮生草》，小說集《冰箱》，編有對談錄《批判的連結》等。

文字風景

散文中最難書寫的，也唯有散文可以書寫的，就是「無事」。或者靈光一現，或者感觸幽微，用文字素描定格，就有了說不出來的妙處。前提是必須有過人的感受力與聯想力，還要能夠善加剪裁，才能讓這些原本被認為是無聊的小事情顯露出趣味，否則就只是白白浪費文字。

若檢索本文脈絡，引起作者感觸的開端應該是瞥見男孩在市郊荒地小解。這其實是無聊事，一般人寫來可能會像林語堂那樣批判民族性，但是作者著眼於那個鮮明的畫面，遂有了奇妙的切入角度。

本文可以分成兩個部分，前半部在追索空地的存在，包含形成的原因、外觀和使用的狀態。說到底，就是「莫名所以」和「不知所謂」，是一種時間中的偶然，隨時可能改變，而旁人也就無從置喙與無可奈何，這裡面有一點冷眼看世情的幽默感。空地又因位在市區周邊或更偏遠的市郊，其閒置的狀態有所不同，而真正的故事就發生在這裡。在後半部中，作者先是不明白那斯文樣的男生何以走進空地，格格不入的樣子與行徑引發了作者的好奇心。她開始揣測，編造，浮想聯翩，卻發現男生不過是尿急了找地方便溺而已。

作者的發現僅僅是一種「恍然小悟」，但趣味也就在這裡。她並不因為「原來如此」而打住不寫，卻敏銳感到沒有了人跡的空地「更空了」，只有蘆葦與白花，文章則收束在一個小小的感嘆上。似有若無之間，作者對於生活的感觸，也就隱含於其中了。

大雪

李宗榮

廣播絮絮叨叨的說這是芝加哥三十年來最大的一次風雪時，你終於忍不住想打開被冰封住的老舊木頭門窗，想聞聞雪片落下時空氣中凝結的透明氣味，聽聽在你窗臺舊木架上、像棉絮一層層撲上的落雪的聲音。

你忍不住打了哆嗦。雪片漫天落下無聲無息、無止無盡，像是要將這個城徹底掩埋似的。你頓然察覺，在你賃居的城南這樣一個老舊的公寓裡，透過被冰封的窗玻璃徒坐屋內外望，竟像是坐在往無止盡的海底沉落的沉船往外望一樣，往大雪之洋的暗底緩緩下降，紛紛的雪意如夢似的逆飛，不復起……

雪落下，在你生命中最不經意的時刻。一絲絲的結晶如蛛絲般的擴散，在最隱微的角落，自在無為的飄散。你終於習慣於一種朝天空無聲息呼吸的姿勢，任憑雪絲在你臉上髮上擴散，在你耳際削過如冬日化為孩群的呢喃。你開始學會閉上雙眼，面向故鄉的方向，想像在無垠的天空晶化的雪意，仍夾帶零落故人的氣味，一些消逸於蒼茫天色的你古老青春的微形，被提升、被焠鍊、被冰存，在宇宙氣流的運轉的夾縫中，偷偷捎來你熟悉的記憶的溫度，那在日照後將逐一融化而逸出、向你召喚的年少時一句句輕狂的笑。

雪，是大地蒸發的溫熱水氣與高空中低冷空氣相迎合之後快速凝結的固態結晶。那是溫度與溫度的遇合之後最透明的形體的蛻化，天與地、火與水的媾合後最潔淨的往生。中西部平原的雪起自北極的乾冷寒風與來自南方加勒比海的溫暖空氣的兩相迎撞，在幾千公里的枯枝蕭索的平原落下。這麼樣的大雪，必有天地悲痛鬱結的祕密，你這樣的揣測著。你慶幸恭逢於這樣的一次洪荒運轉的災禍，期待在這彷如毀滅的邊緣，伸手向落雪蒼蒼的天，你必可以碰觸到天地憂鬱的內殼。冰晶或雪花，片狀的、星狀的、針狀的雪片形狀，那些雪意的變化必有著毀滅最美的繁複，宛如溫柔的賦格，述說著失憶時空中最隱密的心事。

雪是鄉愁的。你忍不住在給遙遠異域的朋友的電子信件中這樣寫著。在這個長年被冰雪掩蓋的城求學的你，初來時，夜半總被突然運轉的暖氣驚醒。鏗鏘鏗鏘的燒槽中，蒸氣熱騰騰張牙舞爪的竄著。你竟醒自黑暗中，瞪著窗外給雪意磨亮的寒光，怎樣再也無法入睡。你發覺數日來，你只在經院似的校園與獨自賃居公寓之間斂神低頭往來行走，不曾與人交談，現在竟有了想要在黑暗的窗邊喃喃自語的衝動。

對於你這個從遙遠的亞熱帶來的人，你的初雪竟沒有半點新鮮。初來那年的冬天，你與她駕著車在城內漫遊，你以為像保力龍屑絮的垃圾在街角襲上車窗。從另一個小鎮驅車幾百哩前來的她興奮盎然的笑著：「是雪，是雪。」高風永夜，在這風華令你心懾的大城，你們共享一個突如其來的初雪，但就像你生命中曾經來去的人一樣，總無緣一起度過那在大雪中沉淪的孤單。你想起了那鋼琴怪傑顧爾德往寒冰凍地的極地走去的身影，脖子上經年披著一條黯淡的毛圍巾。你知道日子如果要過下去，你的生命總要這樣一條圍巾，把你的頸項緊緊纏住，自閉地，把世界都隔在外頭，一圈又一圈。

你說你生命中最美的雪景，竟是一個你料想不及的暮色遲遲的課後。伽藍般的校園，黯淡的人影浮移。高矯的歌德式的石砌窗臺，昏黃的燈光零星的升起。你想，必然還有思索遲疑的人們，仍面對深厚的典籍，蹙眉支頤地念念不忘那深奧的問詰。修道院裡深沉而虛靜的陰影如上升，與細細飛落的雪花無聲的交合；你竟自覺身處冥境，在你身後的雪地上殘落的足跡綿綿曳長，逐一被落雪掩去。你遠遠聞及，教堂石碇般的鐘聲隆隆嗡鳴，彷彿在回聲你課後已然身空神虛的疲憊的呼吸。你早已察覺這經院式的高蹈學院，已是個沒有人追索靈魂與神聖意義的知識工廠。你的空洞的心無由被塵俗而零碎的知識充滿，但你仍在回響著落雪的鐘聲中，不由自主的升起感動；發覺自己被掏盡氣力的肉身像一只空洞的玻璃容器，任由鐘聲與大雪透明的穿過。

經院裡的早寒卻是早已來到，以致這樣的落雪竟變得只是結冰的知識的一種遲來的隱喻。你憶及了在那看著你的期末報告之後，那臉上輕輕蹙眉的教授。階級分析，他冷冷的笑著說你報告裡的標題。你看著這個負盛名的教授，從皮包中搜出傷殘的香蕉，一面揶揄那些承認左派是個歧路的許多個大師的名。你無力的點頭，你的來自亞熱帶島嶼的關懷，絲毫無力吸引啃食香蕉的教授的注意力。世界畢竟變化太快，那逐一倒塌的雕像，預言著許多古老理想與熱情的骨牌式的崩盤。你的頓時失神的眼神卻與教授研究室窗臺後枯枝的樹影牢牢的相接；冬日正在降臨，樹葉已然脫落而蕭索，壓低的暗雲無聲的來襲。

現在你終於懂得，冰封，原來是一種知識的狀態。你忘了許多昔日曾勾引你龐大天真熱情的典籍，如何逐漸在時日移轉裡，塞到書架的最隱晦之處。昔日像異教徒捧著被禁讀典籍的那種記憶，終於要藏身在青春與時間的頁岩中；如同你年少時曾呼吸的島嶼上的激昂的空氣，都像是已然被遺忘的夢，隱身在幾萬公里之外，期待不知名的來日未知的召喚。

大雪總像是柔細的飛咒，舒軟的寒意，令你心神蕩漾意亂情迷。你總是在帆布的書包裡凌亂的書籍間，夾藏你從家鄉帶來的川端的《雪國》；總是夢想有朝一日酒意來襲，狂亂的迷醉裡，在不省人事的下雪的曠野中，端起書來對著如死者斂容的天空，讓那些美絕而透明的句子，逐一被雪意朗誦。美，畢竟離毀滅最近。你發現，那無非是心裡自戕的意志因著蒼蒼的落雪在你血液中興奮的高漲，而揚起了許多個棄毀的念頭。許多個下雪的夜晚，你只想趨車離城狂飛，走在無止盡的中西部平原公路上，莽莽荒荒，朝向地圖上不可知的地方而去；停泊在任何一個不知名的小鎮，偎著酒意與車內微薄的熱氣沉沉睡去。

你畢竟只是被隔離在孤島上的被記憶襲擊的人，你只是在無法入眠的夜，走在這湖濱之城暗巷的遊魂；面對著恐怖浩瀚、落雪漂浮的黑夜裡的大潮，你想起古人的句子，眷彼深塵、迷茲大夜，你只能無聲的流淚。你的心仍牢牢緊繫在那大洋之隔外的那個城裡、許多個人移事往的角落，青春發光的面容。你的過去畢竟太近，幾萬公里或幾千個日子的阻隔都不算什麼；你突然知曉，你與過去的距離畢竟只得以淚水計畫，一滴滴的帶你遠離。

更多的大雪落下的時刻，你希冀微薄的自己是遼闊地平線上的一朵口音濃厚的水氣，氳化、蒸發、上升到天際。你必然可以在彼時與天地的鬱結相聯繫。你的青春遠離，生命中如常發生的，美好的時光消逝有如失憶。你懷疑，生命曾經被一抹遺忘的眼神痛擊。現在你環顧八荒，地球的輪廓應被抽離成透明藍色的薄霧。你已準備好往下墜毀的旅程，只等待一個縱身，化為蒼茫大雪之中粟粒般的結晶。你安靜的心燃著戀鄉與懷舊的餘溫，就要在墜落的急速中與北方極地飄來的冷空氣相迎撞，被冰凍、被斂形、被結晶為輕盈如羽的八角形的雪片。雪，是大地蒸發的溫熱水氣與高空中低冷空氣相迎合之後快速凝結的固態結晶。現在，你將終於了解雪的奧義，你這麼終年惦記下雪，不過是那心中執迷的一角不安的顯形。你想要墜落，有如暮色渴求暗夜的來臨。蒼蒼的森林或無垠的曠野，你與億萬雪片迎合，窸窸窣窣，如華麗而無聲的賦格。你等待那樣的釋懷，讓雪意化身為你，透明而無有憂愁；那是懷鄉情緒最後的殘屍，心中餘溫的白色奠祭；只等待日照來臨，在陽光的屑絮裡讓融雪溫柔的收容。

而大部分活著的日子裡，雪花飄零或積雪成冰，對你卻都了無意義；你的心思像城市上空終年灰敗而冰黯的低雲，細細的被冬日蠶食。你的像冰的日子一一地被寫入了沉默；你彷彿在簡單的日子裡，了解了憂鬱。生命已了無生氣，你每日踩著殘雪上的枯枝，望著春日的遺屍，妄想遙遙無期早春的降臨。雪意把你冰封，你把世界推得更遠。無有情緒的日子裡，你飲啜著那古老的解憂的藥草。現在，你終於放棄那形上的提升，在精神的沉淪裡，迷信於一種草藥的密教，妄想心中的大雪、那灰敗的憂鬱的殘跡、半夜裡喃喃自語的黑暗、與湖邊想要失聲喊叫的失神的迷亂，都要在一杯溫暖的古老藥汁中融化、消蝕，救贖般的被埋葬。

但你還是忍不住嘲笑起自己的舉措。也許，你自言自語說，一切只是因為陽光太少的緣故。大雪仍然執意紛飛，像偌大的棉絮迎面飄來，在你的臉上細柔的融散，淡淡的像細針刺進你的呼吸。每次大雪來臨，你就忍不住往曠地走，遠遠的，若這是生命中最後一個寒夜，你合該讓他將你了無殘跡的掩盡。你看見曠地上的石刻的雕像，逐一讓時間靜止，撲於其上的落雪彷彿是在時間之外。當大雪將萬物壓縮到毀滅的邊緣時，你只想噤聲、再噤聲，閉口、心無語。你的木然的肉身已經麻痺……。直到遠處孩群的笑聲招魂式的喚回你失神的身影，孩群快樂的躺臥在雪地上模仿天使揮翼般的鼓動雙臂，盎然的離去。終於，你彷彿看到了雪地上曾經這麼烙下天使的遺跡……

——《情詩與哀歌》，大田

李宗榮

一九六八年生於臺北。畢業於嘉義高中、東吳大學社會學系、東海大學社會學研究所。芝加哥大學社會學研究所博士。曾任民進黨立法院助理，《自由時報》藝文組記者、編輯，現任中央研究院社會學研究所副研究員。高中時開始參與文學社團並發表作品，作品曾獲《中國時報》第十四屆《時報》文學獎首獎，《中國時報》、蘭寇香水合辦情詩徵文比賽首獎。著有《情詩與哀歌》一書，譯有聶魯達《二十首情詩與絕望之歌》。

文字風景

散文中最難通讀者，其實是處理私密心緒的美文。其中無限符碼，觸景皆情，卻又深密隱藏，想要尋找讀者，卻又不希望他人明白。這樣的文字是充滿魅力的，引誘人費心解密，卻往往無功而返，徒留挫折。

本文講述作者在芝加哥留學時一次遭遇大雪的心情動盪，關鍵字是憂鬱。之所以憂鬱的原因，是由於作者滿懷理想負笈異鄉，渴望在學院裡找到寄託，但所書寫的期末報告卻受到教授批評，認為左派的思想不合時宜。作者感慨經院已淪為知識的工廠，無人追索靈魂與神聖的意義，而求學的熱情在這樣的環境中，宛如雪埋冰封。大雪變成了一種隱喻，傳達出作者心靈困頓的狀態，因為雪花乃是由於來自海洋的溫暖水氣，突遇北方極地的冰冷空氣，急速結晶所形成。一如作者原本滿懷的熱情，被環境的冷酷封凍，遂產生出自棄的情緒。

另一個隱密的線索，則是戀情終結所帶來的沉淪與孤單的感受。凡此種種，皆化為死亡的意象，隱伏在字裡行間。然而孩子的笑聲，在雪地上揮動手腳所留下如天使的痕跡，卻又為作者的心靈帶來救贖。細膩婉轉，情感周折，令人涵詠再三。

作者擅長寫作情詩，高度詩化的文字，無處不在的譬喻，也為這篇文章增添了不少可讀性。

我是幸福的閑古鳥

褚士瑩

獻給家鄉的歌

遠在西伯利亞蒙古國北方的圖瓦(Tuva)共和國有一個女歌手Sainkho Namtchylak，她離開家鄉到莫斯科後接觸了爵士樂，從此剃了光頭，住在維也納或德國柏林。游牧為生的家鄉人不理解她，說她是叛徒。但是她從來沒有忘記家鄉，帶著西方的音樂人到故鄉Kyzyl學習圖瓦音樂。〈老調重彈〉(Old Melodies)是一首她獻給家鄉的歌，裡面有一段歌詞，根據我的蒙古朋友Haburi的翻譯(圖瓦語跟蒙古語很相近)，意思是：

我的靈魂注定屬於整個世界，但我愛著你們，
總有一天我會像一棵樹倒下去，
但希望我的聲音伴隨著我愛的人們。

全球化的浪潮下，家的形狀，正在快速改變著。過去，對一年四季都在路上的旅人如我，有些人充滿了同情，也有些人充滿了羨慕與憧憬。

但是當越來越多的家庭，父親外派中國大陸三級城市，每半年才能回臺灣一次，哪裡才算真正的家？母親帶著孩子到另外一個國家求學，除了寒暑假，其他時間都不在臺灣，家在何方？任何一位十五歲的臺灣中學生，都可以拿著護照理直氣壯出國，到十幾個國家打工渡假兩三年，隨著臨時工作遷徙，家又在哪裡？家的概念開始經歷強烈地震，我們不得不問：如果家再也不是不會移動的建築空間，那今日家的概念是什麼？

「對你而言，家在哪裡？」或「你心目中的家是什麼？」突然變成了我時常被問的題目。

對「家該是怎樣的？」有所疑惑的人，通常是因為他們像圖瓦的牧民，認為家有一定的樣子。但是臺灣人所認定的家，跟圖瓦國人所知道的家，肯定有完全不同的面貌。對於每個地方那些堅持家有唯一性的人，我想說：家其實有許多種面目，所以我在世界許多地方都有家。

至於那些總以為我在他方過著流浪無家生活的人，我則想對他們說，其實，我從來都沒有離開過家。

閑古鳥的幸福

「我前一陣子在電視上看到你。」有個原本不認識的銀行分行經理，在南臺灣某個演講會場叫住我說，「你跟一些名人站在一起，我不認識你，但是我覺得你是裡面最快樂的一個。」

我靜靜聽著這個陌生人說著自己的成長故事，忍不住微笑起來。

「我確實是很快樂的人啊！」我很高興聽到這樣的讚美。因為，我是隻幸福的閑古鳥。

日文裡的閑古鳥，就是英文常說的布穀鳥，或是中文裡的杜鵑，但我認為日文形容這鳥的語感最為絕妙。閑古鳥不築巢，所以生命中多出了很多時間去做其他事。牠們來去自如，在人類眼中卻是不幸的流浪者。牠們若有答辯的能力，是否會說出完全不同的想法？

鳥巢之於鳥，就如家之於人類。過去的農業時代，一家人世代守護一片土地，家因此像岩石般是不會動的；然而一直以來，也有住在船屋上的水上人家，還有逐水草而居的牧民，他們的家是會動的，他們的家客觀說來，都跟農人的家同樣真實。到了現代，以城市為唯一生活場景的上班族，早就失去了農夫和土地的美好關係，血液卻還留著古代農夫的世界觀，窮畢生之力，只希望能換來一間屬於自己的房子。是不是一定有了房子，才等於有了家？西方有兩句關於家的諺語我很喜歡，一句說：「家是人生故事開始的地方。」(Home is where the story begins.) 另一句說：「家不是你在的地方，而是渴望有你在的地方。」(Home is not where you are, but where you are wanted.) 兩者都沒有提到家是前面有小河、後面有山坡的地方。

不築巢不是為了無止盡的享樂，但是比起一輩子都在努力築巢的燕子，不會築巢的我，對家並沒有因此少了感情。朋友有次困惑的問我，部落格文章的起頭，不是回到船上，回到埃及，就是回到波士頓，回到緬甸山間的農場……每個地方都說是「回」，為什麼我要用「回」而不是用「去」？

討論回跟去的區別，以及對我自己的認知來說背後的文化意涵，是一件有趣的事情，哪怕只是一個字的區別，卻道出我情感的流動性，或對一個地方的認同。但到底哪裡才是我的家？不知道燕子通常怎麼想的，我只能說，我對家有著不同的看法。我不是沒有家，而是有好多個家，因為生命階段，因為季節，因為工作，因為無可理喻的熱情，我在世界上有各式各樣的家，每個家都有完全不同的面目，但對這些家的認同與牽絆，卻都真實無比。

我認為閑古鳥是幸福的，就像許多人認為閑古鳥無家可歸多麼不幸，幾乎同樣確定。至於誰是對的，誰是錯的，並不是我在意的範圍，畢竟我相信每個好問題，應該都有不只一個對的答案。實際上，我的朋友大多也跟我一樣。如果每次有人問：「你不常在家，難道不會想家嗎？」我就可以得到一塊錢的話，現在的我一定已經是個大富翁了。

但如果你問我，或是我的許多朋友這個問題，我們恐怕從來沒覺得自己不常在家。

從雪鳥到果蠅的遷徙

我曾說過一個故事：一對住在美國康乃狄克州的老夫婦，他們的後院養了一隻很特別的寵物，那是一隻很老的加拿大大雁，名叫哈洛(Harrod)。每次老夫婦出遠門，最放不下心的就是哈洛有沒有足夠的東西吃。

老夫婦的家正好在每年加拿大大雁季節遷徙的路徑上，或許是因為他們家後院環境特別優雅，久而久之，就像高速公路休息站一樣，成了每年兩次大雁來回北極圈的中繼站。退休的兩夫婦，每年到了這兩段時間，也會在後院準備許多食物，像拜拜那樣大擺流水席宴請這些擁有巨大翅膀的賓客，可是有一年，當所有的大雁上路以後，有一隻沒走，就是哈洛。

不知道哈洛是睡過頭沒跟上旅行團，還是老了累了不想再飛，總之哈洛就在老夫婦家的後院住了下來，沒什麼道理，就是這麼回事。

老哈洛到底以哪裡為家？這一生每年都要花四個月在飛行途中，四個月在北極圈內，四個月在溫暖的南方，這樣說來，哪裡才是大雁的家？

或者說，在這條遷徙半個地球的隱形虛線上，哪裡不是大雁的家？

美國人稱每年冬季，從寒冷的北方，無論是加拿大的魁北克，新英格蘭地區的麻薩諸塞州，還是緬因州、紐約州，開著車或搭著飛機，到佛羅里達州的陽光帶 (sun belt) 避寒六個月的老人家為「雪鳥」(snow bird)，除了他們像候鳥那樣定期從下雪的地方遷徙過來享受陽光之外，也因為這些老人家的頭髮就像雪一樣白。

這是有點閒錢的美國中產階級，心目中最完美的退休生活——一半一半。

所以他們的家，是分成了兩半，還是有了兩個家？

家可以是複數的名詞嗎？或者，更正確的問法是，家不可以是複數的嗎？

蒙古草原上逐水草而居的游牧民族，他們對於家的定義跟住在城市裡的人肯定不同，但是他們的家是否因此比我們的家基礎更不穩固？同樣的蒙古包，在不同的地方撐架起來，櫃子、櫃子上面的照片、火爐、火爐上的水壺，晚上睡覺的時候，蒙古包內部在被褥中睡著的家人，貼著蒙古包外部睡著的馬匹，無論對馬還是人，肯定都是真實、熟悉、溫暖的家，跟任何一個你所知道的家，有著相同的價值。

我認識一些極度戀家的出家人，眷戀僧院，也眷戀原生家庭。我覺得候鳥哈洛，可能比這些出家的僧人更自在，因為哈洛沒有行李，落腳的地方就是家，結隊飛行的夥伴就是牠的家人，選擇離群的哈洛，變成了這對相依為命的老夫婦的家人，組成了新的家庭。

就像波札那共和國 (Republic of Botswana) 的奧卡萬戈三角洲 (Okavango Delta) 每年一次的大氾濫，乾涸沉睡的大地，在一場大雨後以飛快的速度甦醒過來，短短幾個小時之間，荒野變成萬物的家，豐盛的草場、豔麗的野花、數以百萬計的昆蟲，穿梭在無數的野花間。短短的幾天內，一切重獲新生，河馬、大象、鱷魚、羚羊、雀鳥、猴子，都忙著照顧幼獸，享受大自然一年一度的盛宴，雖然這個家只維持短短幾週的時間，就又會恢復死寂，但任何躬逢其盛的人，都對於這個家的真實性無可置疑，也必然會被深深感動。

我的家，也跟著生命的成長，自然而然在地球上畫出一條大遷徙的軌跡，從倫敦到開羅、從臺北到曼谷、從北京到上海、從空中到海上、從實體到虛擬，每一個家都是遷徙的印記，每個家，也都教我一個重要的人生功課。

果蠅的一輩子，從卵孵化到老死，大可以靠著吸吮一個可口可樂空罐裡剩餘的一滴甜汁過活，而這個空罐就是果蠅的宇宙。

我的大遷徙，或許就像一隻微小的果蠅的一生，而地球就是我的可樂罐，但渺小並不能阻止我做夢，如果有一天，我像哈洛那樣，決定在虛線上的任何一點停下來，也無怨無悔，因為這是閑古鳥生命的大遷徙，因為這是我代替青鳥尋找幸福的故事。

——《海角天涯，轉身就是家》，時報

褚士瑩

是公益人士，是NGO工作者，也是用生命愛狗的人。三十歲之後，投入NGO工作不遺餘力，正不斷以行動展現出對於人、動物以及環境的關懷，至今影響無數人。著有《在天涯的盡頭，歸零》、《海角天涯，轉身就是家》。

文字風景

什麼是幸福呢？

村上春樹說：「生活有了微小而確切的幸福，人生才不會像乾巴巴的沙漠一般枯燥無趣。」微小而確切的幸福，是為小確幸。小確幸這個詞於是成為許多人心中共同的願望。《我是幸福的閑古鳥》回顧自己的生活，討論什麼是家、什麼是幸福。褚士瑩《海角天涯，轉身就是家》書中敘述許多自己居住過的城市，開羅、倫敦、曼谷、波士頓、上海，無一不可為家。甚至，網路世界也可以是自己的心靈休憩所。不同的生命階段，對於家屋的渴望與要求多有不同。他走過海角天涯，進一步推論，或許轉身就是家。

《我是幸福的閑古鳥》巧妙引用閑古鳥的生活方式，論證全球化浪潮下，家的形狀究竟有什麼變化。「閑古鳥不築巢，所以生命中多出了很多時間去做其他事。牠們來去自如，在人類眼中卻是不幸的流浪者。牠們若有答辯的能力，是否會說出完全不同的想法？」他於是懷疑：「是不是一定有了房子，才等於有了家？」「家可以是複數的名詞嗎？或者，更正確的問法是，家不可以是複數的嗎？」從實體到虛擬，褚士瑩標示出每一個家、每一個遷徙的印記。意義是我們的居所，能夠心安的地方，或許可以稱之為家。

軌道上的寂寞

賴鈺婷

穿透光陰，最理想的方式，便是選擇搭上一列火車，上行或下行。鐵軌延伸出記憶的可能，在火車轟隆轟隆行駛的節奏中，搭配各種迴異的情境，時空的裂隙交疊在山海城鄉之間，車窗映顯速度下的影像，折射著玻璃窗上，晃移不定的自我投影。那是一種最為寧靜、孤絕、清醒、自知的狀態。

列車進站、出站，旅客下車、上車。那是溼溼冷冷的天氣，剛收起的傘還滴著溼答答的雨，瑟縮著身體，朝起霧的車窗輕輕吹一口氣，在朦朧中看著月臺雨景。或是夏日白晝，車窗透入金黃色的光芒，暖烘烘地烤著臉頰。臨窗而坐，我喜歡任由陽光照拂著臉龐身體，那怕日光太烈，雙眼畏光泛淚。晴朗豔麗的好天氣讓人安心。

夜裡的列車，鼻息與鼾聲或遠或近，窗外漫長的黑夜，點綴著時遠時近的聚落燈火，車廂內白色日光燈爍然透亮，車體內外被光線劃分為具體的兩個時空。窗外靜止的世界，與整列車廂飛馳的夢境，若即若離滑過我的眼前。當火車駛入山洞隧道，光線瞬間幽閉陰鬱，駛出前後豁然開朗，重見天日的明暗反差……。

這一切讓火車不僅只是交通工具，它連結著山和海，東部和西部，繁華的都城和僻遠的村落，軌道上載運著形形色色的遊子、旅客、歸人。我常在列車上拾獲別人不小心遺落的眼神、表情。我曾看過戀愛中的少女，一路嬌笑，旁若無人的講著手機。當它幽幽的、自顧自地離去與停靠，車廂上載著的可能是某人一生的重量、一家子的依靠，或是滿腔遏止不住的悲痛、甜蜜。

因而我總覺得火車有一種粗樸原始的魔力。不必下車，特地去哪裡，坐上一列車，就像同步參與兩個世界的人生風景。窗外稍縱即逝的片段，或車內幽幽晃晃的時空，隨時都有不期然的人事景物出現在眼前。

大約是這樣的理由，讓我傾心於軌道上漫無目的遊蕩的車途。不像那些對車站、火車、軌道有許多癡心研究的鐵道迷，我對火車的情感，只依靠一種直觀的、感覺取向的偏愛，有時，毫無計畫的搭上火車，隨時在任何一站下車，即使下車所見，是毫無風景可言的風景，也別有一種探訪的隨興和從容。特別是搭乘每站都停的區間車，到達那些只停靠區間車的小站。我偏愛小站月臺，彷若篩漏日影的寂靜光陰。

區間車行駛二十幾分鐘後，我在泰安站下車。

小時候，我曾經理所當然認為，泰安站在苗栗，其實它是臺中后里的一個小村莊，泰安村。這裡是個無人招呼的簡易站，也是國內唯一設在高架橋上的火車站。

月臺距離地面有五層樓高，周邊空曠毫無遮蔽，居高臨下，遠近高低，火炎山與大安溪河谷的空茫景致，是這座騰空小站的布景。

我在候車椅上小坐，瀏覽這假日無人的空曠月臺。自強號列車高速飆行而過，颳起一陣風沙。我胡亂想著這個新站自民國八十七年啟用至今的故事，平日通學居民上下車，假日也少有遊客，相對於沒有火車行駛的舊站，怎麼說呢，這裡有一種新穎的寂靜。

我看著下一班次的區間車停靠，開門，關門，啟動的回音嗡嗡迴盪在空氣裡。

走出車站建築，人行道上矗立一座時鐘，靜止的指針，停靠在五點五十三分。車站的時鐘，像是無所謂的道具。沒有人特別注意它的節奏，慢了、停了，似乎也是自然規律，不驚動誰，也不對誰造成影響。

鐵路高架下方的空間，陳列一輛退役的柴油火車頭，上面寫著 S302，暖橘色的油漆，看來剛粉刷不久，在日光照射下顯得格外簇新。一小段鐵軌鋪襯情境，像是此處作為「泰安鐵道文化園區」範圍的點綴。

不遠處，高架橋墩上彩繪著標語，一根大約是上聯，寫著：「后里泰安」，旁邊一根，意屬下聯，寫著：「護你平安」。我原先並沒有多想，後來發現類似水溝蓋孔上鐵牌都刻著這兩句話，才對這諧音的趣味意會過來。

冬日寂寥的泰安村，少有行走的路人。村中無曆日，在地人心底自有日升月落的春秋。而我，卻在漫長的步行路程中，對周遭寂靜的屋宇街道，彷若與外界無涉的僻遠氛圍，感到迷惑。

搭上火車，抵達這個村落。信步慢行。我在新山線泰安站，前往舊山線泰安站的路上，感到時空被誰抽離了的空洞感，我像是走入時間之外的時間。

一九九八年，舊山線停駛，泰安新站啟用。一九五五年，大安驛更名泰安站。一九三八年泰安舊站重建。一九三五年，臺中州大地震木造車站傾毀。一九二〇年，大安溪停車場更名大安驛。一九一二年，大安溪信號場改設為大安溪停車場。一九一〇年，設置大安溪信號場，供辦理交會避讓業務。一九〇八年，山線通車，當時並沒有這個站……。

我不知道百年來鐵路、車站對這裡的影響有多大？它淳樸的鄉間氣息，像是長期處於民居村落的狀態。

接近舊山線泰安站，路旁掛了許多「魅力商圈」字樣。但招牌店家大多都沒有營業。臨街一隅的遊客服務中心，大門深鎖。街道上點綴著幾家商店，幾個遊客，感覺就如泰安新站，有著一股新穎的寂靜感。那不是極度繁盛後，老舊衰敗的落拓，而是一貫冷色調，熱絡不來的模樣。看得出想鑼鼓喧天一陣，熱鬧一場的陣式，商鋪招牌、舞臺布景準備好了，遊客、觀眾不多，也只能零零散散上演，因而顯得疏落空洞了。

一株雞蛋花樹開得鮮亮黃嫩，極富生氣。人去樓空的泰安舊車站，維持得相當乾淨明亮，雖是鋼筋水泥的建築體，巴洛克式混著日式風格，今日看來仍然大方典雅。

洗石子觸感的圓形廊柱、上推式木窗、牆上壁掛裝框的手寫時刻表、日式車站裡的長條木椅座……，沒有售票員的售票窗口，還可看見舊時鐵道員辦公用的木桌椅。車站建築低於鐵道和月臺，從剪票口進入後，得穿越一段地下通道，爬上階梯後，才能銜接月臺。

坐在月臺候車木椅上，看著眼前鐵道，還有周圍密密包覆鐵道四周視野的草樹綠叢。山線改道後，這座已經停止使用的車站，還保留著相當完好的樣貌。相較於遊人熙來攘往的勝興車站，這裡的景致，別有一種清冷素樸的味道。

沒有列車行駛的鐵道，軌道紅黑鐵鏽侵蝕風化，鐵軌下的枕木，密實的木料也有缺蝕腐朽的情形。

水泥島式月臺，遮雨棚架的支撐鐵柱，是當年重建時，運用因地震彎曲廢棄的鐵軌製成。鐵柱上清晰的總督府鐵道部記號、數字一九〇五標記鐵軌的出廠年份，讓一九三五年新築起的車站月臺，更富有追緬及紀念意味。那標誌著時光之下，傳續不絕的再生力量，經歷了一整個世紀，依然牢固地矗立著。

一步一履。我試圖小心翼翼行走在鐵軌上，卻總是頻頻重心失衡，落到軌道下。沒有火車行駛的鐵支路，有種任憑荒蕪的蒼茫。鐵道沿線，電纜線都拆除了，只餘水泥桿柱還有秩序地沿途護衛著。

沿著水泥桿柱向前。我不時低頭，看著腳下的軌道、枕木、碎石，練習保持重心平衡的方法。心裡幽幽想起，幾天前臺鐵發布「舊山線鐵路及沿線車站委託民間整建經營」的新聞稿。

不久之後的泰安車站、舊山線的鐵道與火車，在企業接手整建經營後，會是什麼模樣？

沿著鐵道走了許久。直到前方軌道被長草亂石湮沒，難以通過。遠處的月臺屋形，在視線中縮退為墨綠山林樹中，小小一點座標似的存在。當我緩步沿線折返，綜覽鐵道遠近四方的全景，曠遠幽闃。溼氣中漫著一股青草澀澀的味道，一種深沉而空洞的寂寞感。我心裡知道，當下這一幕即將成為歷史，以後難以再有今天了……。

——《小地方：一個人流浪，不必到遠方》，有鹿文化

賴鈺婷

臺灣臺中人。國立高雄師範大學國文系、國立臺灣師範大學國文研究所畢業。散文作品屢獲獎項，二〇一一年榮獲行政院第三十五屆金鼎獎「最佳專欄寫作獎」。作品選入《九十三年散文選》、《九十四年散文選》、《青年散文作家作品集：中英對照台灣文學選集》、《親情之旅》、《玻璃瓶裡的夏天》等書，著有《彼岸花》、《小地方：一個人流浪，不必到遠方》。

文字風景

在賴鈺婷的散文書寫裡，不乏人際關係的重建，以及內心世界的無窮探索。她備受好評的散文集《小地方》有個副標題：「一個人流浪，不必到遠方」。〈軌道上的寂寞〉同屬此一系列的旅行書寫，細膩幽微地發現島嶼上的某一地景。賴鈺婷描寫地景時，也投注了無比溫柔的心念。她以為，穿透光陰最理想的方式，是搭上一列火車，任由鐵軌延伸出記憶的可能。「那是一種最為寧靜、孤絕、清醒、自知的狀態。」帶著這份清醒自知，她來到了后里泰安，發現諧音所代表的小小願望。

在泰安這個無人招呼的、國內唯一設在高架橋上的簡易火車站，她沿著鐵軌前進，內心與外在有了微妙的呼應。那些無人知曉的心事，或許就像這個空蕩蕩的小站，有一種新穎的寂靜。寂寞的心緒，突然變得清晰。深婉動人的景物細節，透露出一個寫作者的慧眼。如此時刻，作者心裡幽幽想起臺鐵發布的消息：「舊山線鐵路及沿線車站委託民間整建經營」。天地悠悠，一切終將成為歷史。往後風景不再，而心事已經還諸天地。

超然幻覺總說明

鯨向海

一

當兵時候，曾有搭軍機的經驗。那象徵著意志的鋼鐵之物，一架架在豔陽下透著不凡光澤。等到排隊入內，卻見機艙簡陋，宛如一巨大鐵工廠，到處是裸露的管徑、線路，沒有豪華座椅，亦無美麗空姐。我不禁懷疑腳下的地板是否出現縫隙，駕駛艙內其實坐著牛頭馬面？來不及臨陣脫逃，兩翼的螺旋槳已經快速飛轉起來，瞬間濃烈噁心的化學氣味迎面進襲，耳際嘎響著各種機械不知是興奮還是痛楚的嚎叫低鳴，機身劇烈震動，整個世界彷彿下一秒就要解體——只記得起飛時魂飛魄散，如夢似幻；唯一清楚巨大的死亡念頭，不斷搖撼著腦海——救人啊，要死啦……

村上春樹寫過搭乘老舊飛機於希臘羅德島上空，雙引擎突然在半空熄火，「在一瞬之間非常接近死亡」的心境：「山巒起伏的稜線、松樹的樹林……前面愛琴海閃著波光。

我在那上空飄浮著，徘徊著。……覺得好像有一條把過去的一切都綁在一起成為一束帶般的東西，由於某種原因突然鬆開……心情非常不可思議，靜悄悄的。」等到真正身陷破爛的機艙之中，卻無法感受到那種閒暇詩意。在死亡之手幾乎要攫獲他的那一刻，相較於我的不堪，村上的從容相當可疑——想來是因為他畢竟命大安全落地的緣故——那種完全沒有「死亡焦慮」的得意洋洋寫法，彷彿在嘲笑死神的無能似的。

某一研究調查指出，選擇精神科比選擇外科之醫學生有更多的「死亡焦慮」。不知道這種統計的正確性如何，但無法否認我的確相當怕死。在急診室或者病房見過的慘烈死傷，每當重又橫越過交通擁擠的十字路口，即便在雲霄飛車上向下俯衝的享樂時光，那些被車輪夾扁的眼球掉落之臉，或者癌症末期的萎敗神色，往往猝不及防地倒帶重播；猶如站在人生終點線守候著我的死忠啦啦隊，一再提醒我死亡的況味。於是，每次大小旅行前，總會事先在日記中寫下類遺囑之物，一方面覺得這樣相當觸霉頭，相當於給死神暗示，卻又不得不寫；也許我並不怕死，怕的是措手不及，心願無法完成，人生無法完整。

柏格曼電影《第七封印》藉由騎士之口說：「我們不能說死亡是瘖啞的，事實上它是個雄辯的紳士。」「死」正是人生最初也最終的唯一最偉大超然的幻覺的總說明；關於它的消息並非太少，而是太多；我們窮盡一生打聽著，用社會化的行為模式把一則則死之故事架構起來，發展各種技藝企圖將其馴養。「醫學」就是為了對付死亡而出現的學問之一，「醫生」即專業的說書人。這是所以，將死之病人，很容易把他們的憤怒轉移到醫生身上：「為什麼你沒有把我治療好？我知道有人得到癌症會死掉，但是我不一樣，我命不該絕。」語氣咄咄逼人，彷彿在質問為何他分配到的「死亡故事」如此平凡無味。

腫瘤和急診科醫師是接觸最多臨死病患的；前者沉悶冗長，後者卻往往回天乏術。急診醫學裡，彷彿祕笈般的「急救流程」（所謂「ACLS高級心臟救命術」、「BLS基本生命急救術」等等），乃是用以訓練各科醫師、護理人員與一般大眾，不論在飛機上或者馬路旁，都能夠具備與死神拔河的武藝；因此這些流程通常強硬且酷，是不得不的妥協結果。然而，死亡的魔術何其繁複，它何曾遵守過什麼流程呢？我們卻只能將死亡概念化，心虛地派遣一個假人「安妮」去模擬它的意境；已故青年作家黃國峻，就曾在《麥克風試音》裡開了一個他在心肺復甦術的課堂上，居然把塑膠人偶救活的黑色幽默。

詩人佛洛斯特也以這樣的幽默面對死亡：「主啊，原諒我對你開的小小玩笑；我也原諒你對我開的大玩笑。」在日常的懼怖中，詩歌雍容地以抽象複雜的意象謎題挑釁死亡；當艾瑪湯普遜飾演之詩學教授的死亡變得具體（罹癌），便失去了抽象的能力，失去了詩的力量。他唯一的依靠只有醫學，醫學卻往往如此無趣，單調的治療原則，冰冷的醫學字彙，「擾亂」著人生經驗最肅穆的時刻（某些主張「安寧療護」者的看法）——《心靈病房》就是這樣一部分別以詩和醫學輪流抵抗死亡，卻先後失效的電影，死神又一次勝利了。

詩人死了，醫生也會死。村上春樹說我們有可能在一瞬之間非常接近死亡；這樣的認知，就像肥料與催化劑，使得現實生活每一刻，彷彿隨時都會陷入HBO《六呎風雲》影集的開頭。死神緊緊跟隨，我們知道有人必死，而任何一個死者，都將為這個葬儀社般的世界，帶來新變化。

二

去年夏天，有機會與一位知名詩人前輩在俄羅斯餐廳一起聆聽道地的〈莫斯科郊外的晚上〉，唱歌的女子舞姿曼妙，青春無限。他有感提到臨老心境，有一陣子難以成眠：「覺得睡眠是如此可怖，一旦睡著就要落入無盡的黑暗。」連聽自己最愛的古典音樂也覺得：「那些音樂都是已死之人的音樂。」我忽然一陣傷感，總有一天，我們都會像是被拋棄在波士尼亞電影《三不管地帶》裡那個躺在地雷上等死的士兵，直到劇終，銀幕變暗，緩緩秀出了演員名單；聯合國和平救援部隊，拆雷專家和國際媒體紛紛離開了，就連觀眾們皆覺不忍，卻也無法提供任何幫助。小說家托爾斯泰躺在床上待死時也說：「我不知道該怎麼辦。」

該怎麼辦？

是《六呎風雲》裡小女兒克萊兒對父親的悼詞：「父親你畢竟躲不掉地走了，這樣完全沒有準備最好，沒有痛苦，沒有負擔，再沒有無聊的人生，也不用再等待死亡的來臨了。」那種可喜可賀？或是夏宇寫〈野餐〉，送父親出殯：「父親在刮鬍子／唇角已經發黑了／我不忍提醒他／他已經死了」「我試著告訴他、取悅他／『那並不是最壞的，』／『回歸大寂／大滅，』無掛礙故／無有恐怖」試著與死亡和解？

黑澤明的電影《生之慾》裡描述一個直到得了胃癌，才「活了過來」的，大半輩子庸庸碌碌的老公務員，他淚流滿面唱著日本大正時期的歌曲〈生命苦短〉的特寫鏡頭，彷彿是在替我們而哭——青春正盛時，我們在心裡期盼著，總有一天一切會到達一個穩定的狀態，屆時生命的諸多問題就會解決了；沒想到那只是一個幻想罷了，唯一最後解決的方式竟然是死亡。然而，感覺死亡逼近自身，並不是最壞的（某些理論家認為這正是「中年危機」的起因），事實上，反而使人們被迫重新評估事物的優先順序；傳統的矚目與成就不再是關心的重點了，身外之物大可捨棄；這種危機意識，更有助於心靈的專注，未嘗不能成就中年之後另一生命高峰。存在心理學大師歐文亞隆說的：「雖然形體的死亡會使人毀壞，可是對死亡的觀念卻能拯救人。」海德格也相信死亡會使我們注意到自己的存有，進而超越日常瑣事，不會迷失在那些「無益的閒聊」與「他者」之中——這是「死亡焦慮」使人絕望，卻也使人下定決心。

由於職業的緣故，經常在半夜三更，睡眼惺忪的時刻，被急診照會與想要自殺的人士對話，負責打消他們求死的念頭。普世之人皆怕死，他們卻一心求死，他們是沒有「死亡焦慮」的人嗎？我們發現自殺者往往猶豫不決，他們並非非死不可，而是找不到存活的理由——他們的「死亡焦慮」其實隱藏在「生命無意義」的命題背後。同樣是托爾斯泰的疑問：「我的人生可有任何意義，是不會被等在前面、不可避免的死亡所毀壞的呢？」當死亡超然一切地凌駕在生命前頭，我們都不免感到焦慮；而存在意義的洞察與追尋，正可以緩和我們對自身死亡的思緒。《六呎風雲》所揭示六呎之遙的距離，與其說是「死」的埋葬，不如說是「生」的活埋；它彷彿藉死亡的表面包裝著生命的核心，試圖讓我們意識到，若我們也在日常，埋葬著所有的情感與夢想不敢洩漏；如此虛假無意義的生活，跟行屍走肉無有不同。

生命越美好，我們越怕死；生命越醜陋，我們又活不了，這就是生而為人的困境嗎？或許，生存最美好的意義就在此類永無止盡的平衡之中——恰若北野武《花火》劇終前簡單的對白「對不起。」「謝謝你。」卻一舉道盡所有；或者金基德《空屋情人》最後生命體重計的刻度盡歸於零，卻仍驚奇叫絕的感受。就是這「驚奇」，使我們有力量去抵抗沙特無情的預言：「所有存在的事物都沒有什麼理由，從衰弱到死亡，一切都是出於偶然……我們的誕生毫無意義，我們的死亡也毫無意義。」這「驚奇」，使我們得以駁斥卡謬《異鄉人》的心態：「對我來說，什麼都一樣。」

翻讀那位詩人前輩的作品時，一再地為他充滿生命力的詩句感到動容。我也想對詩人說，「生命無非是苦」，唯死讓活著更可貴，但是我想他應該比我懂，他早就懂了。而我熱愛他帶來的感傷，正因他的感傷如此優雅、驚奇；使我們，身為他的讀者，對這個人生戀戀不捨，更願意好好地活下去。

——《銀河系焊接工人》，聯經

鯨向海

一九七六年生。現為精神科醫生。著有詩集《犄角》、《通緝犯》、《精神病院》、《大雄》，散文集《銀河系焊接工人》、《沿海岸線徵友》。

文字風景

「未知生，焉知死？」

在死亡的幻影下，人類難免感到憂傷無助，甚至還會有巨大的驚恐。鯨向海的詩與散文，常常鎔鑄知性與感性，在理性思辨與感官經驗中游刃有餘。身為精神科醫師，〈超然幻覺總說明〉的背後自有學科專業訓練作為支撐。文章中引用諸多文學、電影作品話語，可見其涉獵之廣博。攝影家杉本博司說：「人類因為擁有時間意識，所以有餘力去理解萬物的因果，進而發現這種時間意識也可以應用在未來。」因為這樣的時間意識，我們看見了死亡，雖無法推測生命的盡頭，卻也知曉死亡恆常是一種威脅。

生命真的是沒意義、不需要意義的嗎？死亡焦慮又意味著什麼？想死與怕死，構成了沉重的命題，鯨向海推論：「或許，生存最美好的意義就在此類永無止盡的平衡之中。」如果超然幻覺有意義，那就是看清戀戀不已的此生，更願意好好地活下去。

龍蝨的眼睛

吳睿哲

學測結束的隔天，我從擠壓了半年的生活逃出。獨自坐在微微搖晃的捷運車廂，我需要時間沉澱，關於半年來得到或失去的一切。高中三年，模糊地像一片細雨濛濛，有時卻清晰地滴落在腦海。

一年多前，暑假結束前的周末，我約了K一同前往三芝採集。那天我們的收穫少，除了幾隻乾癟的紅娘華（因為我們跑錯季節了）。我們應該在春天拜訪，龍蝨從土蛹蛻變，紛紛游出，呼吸沉浮。

準備離去的時候，我們在公路旁遇見一位居民。他說，原本這裡有很多龍蝨沒錯，我們去的前幾周，政府才將那裡整治一番，雜亂原生的水田變成一格一格整齊的蓮花池。他們說，這樣讓三芝變漂亮了。

龍蝨，水生鞘翅目昆蟲，生活在靜止的水域，腐食（或肉食）性昆蟲，我稱牠為水中清道夫。利用鞘翅與背部的空間儲存空氣，在水底活動時會放出氣泡。

我在淡水站轉搭公車，到了三芝總站再轉乘計程車，橫山國小下車。霧氣爬滿車窗，選擇在這樣的季節拜訪，並不期待見到甚麼，只希望在寒氣不斷的侵蝕下，能將半年來苦悶的生活給刷洗乾淨，讓思緒重新摺疊整齊。

靜靜走在公路上，毛毛細雨將三芝沖刷得更模糊了。公路旁的水田裡，沒有黃花狸藻、沒有一絲生命的青春，蓮花奄奄一息。有隻瘦小的斯文豪氏赤蛙從腳邊躍過，後腳的突兀將我的視線引領到他方。

* * *

水田很整齊，整齊得不可思議。我走在公路上，放眼所及是一層灰。我在城市間來回徘徊，在高樓大廈的罅隙尋找呼吸的空間。不斷黑去的世界，努力衝破卻無功而返。試圖以附著吸盤的前足抵擋傾瀉而下的垃圾（不是雨水），卻被髒汙吸著沉入水底。

我從尾部吐出氣泡，它們浮到天空變成星星。最近，它們似乎被某種光扼殺了，每當我抬頭，只會見到一片黑。汽車、機車不斷放出黑煙，我被嗆得不知所措，紛紛避開它們。轉進小巷，野狗對我破口嚎叫，將我逐出牠們的地盤。我常思索，在這個世界上，我到底需要怎樣的身份？我游向光明，但總是被汙染嚇得踟躕不前。

我有幾千隻小眼構成的複眼，還有三隻單眼，以它們聚焦世界。我是不是因此能夠更清楚地感覺這個世界的脈動與起伏？

前陣子花博開幕，好多膚色的人們都來了，他們說 Bravo！Excellent！都市中央樹起一座綠園，花朵展放，蝴蝶或蜜蜂、蜻蜓或螞蟻，牠們不斷搬遷至這裡定居。我拍動翅翼飛至半空俯瞰，在這個稱為城市綠地的樂園，四周烏賊車環繞、那個染金髮的仍吐檳榔汁、小弟弟把手指伸進鼻孔再黏向公車站牌、一張衛生紙從窗口飄出……。

是甚麼假象，將臺北包裝得服服貼貼？我游回三芝，用泳足緩慢爬在蜿蜒的公路上，疲於張開翅膀，沒勇氣去見證這偉大的改裝成果。我記得，政府當時說如此遊客會慢慢流入，居民會更豐收。

足跡沒有變多，我卻不斷感受到某種壓迫排山倒海而來。從小我穿梭在綠色的水草間，看見它們持續呼吸陽光，看見生命的循環波動。我用微小的腳不停挖掘所謂美麗的未來，卻總是徒勞無功。

我逐漸忘卻水草的味道，取而代之的是人工種植的蓮花腐爛的氣息。枯草色占領我的眼睛，無法分別甚麼是泥土、甚麼是敗壞的植枝。雖然我是腐食性的，可是這裡的動物慢慢遷徙至更遠的地方。我想飛遠，卻被風吹了回來，在這個無限迴圈來回碰撞，卻無法碰撞出甚麼奇蹟。

我常困窘，我短短的生命因此燃盡了嗎？飛到橫山國小的門口，那裡有一幅大大的匾額，上面寫著「金色童年」。噢，那是離我好遠好遠的記憶，我擁有白白長長的身軀（不像現在常被孩子誤認為蟑螂），在水底穿梭自如。可以在水草編織的搖籃上築我們的夢，看父母快樂交配。

也許屈服於現實會讓生活更豐富。在臺北一零一上的高空餐廳享受懼高症、在夜市裡大肆殺價、山坡上砍掉檜木種上檳榔、把荒亂的水池搖身一變成為蓮花池（裡面有日本錦鯉）……，我們會不會有更多朋友？或可寄居於琵琶鼠的消化道（牠清洗河道我們清洗牠的器官壁，這算是另類的互利共生嗎？）、或是我們變成洗潔工（我們有吸盤），在垂直的角度擦抹某種孤寂。

我在日常中與人擦身前進，每個人臉上堆滿迴異的表情，像是在向世界表達另類抗議。工廠林立、灰色的天空。臺灣藍鵲飛出闊葉林，因為巢穴都被電鋸占滿了；蝌蚪來不及變成青蛙就被當作餌食；電視上的白海豚到底會不會轉彎？去年的走山事件嚇壞所有駕駛，罹難者成了祭品。

我們的家，也會因此被文明掩蓋過去嗎？玉山、合歡山、還有很多水田的地方，都有同伴，他們依然快樂游泳嗎？為甚麼我們的足跡總是抵不過挖土機？

加入生物研究社的三年，走進不少山林，也看到不少。不論臺灣山椒魚、史丹吉氏小雨蛙，到斯文豪氏赤蛙或青蛇，都叫我們驚嘆，原來基因的力量這麼龐大。上回聽學長說，四崁水似乎被政府整治了，公路兩旁植滿山櫻花（也許更漂亮），雜草被除光了（沒有可怕的毒蛇藏匿其間了）。直到現在，我沒有勇氣再踏上四崁水，不願再見到一個被整治過的世界。那真叫人心驚。

這世界的確存在我們值得關注的事情，生研社打開我的視野。我走入臺灣的山林，發現全新的 Formosa。

* * *

我們都無聲地追逐某個目的，但遺失了某種輕巧的記憶。在那個巨大的陰影背後，我們都擁有一雙龍蝨的眼睛，卻瞎了。

——二〇一一年五月十七日《中國時報》

吳睿哲

一九九二年生，臺北人。建國中學畢業。曾獲國際花博徵詩、建中紅樓文學獎、金陵文藝獎、枋橋藝文獎、余光中散文獎、全國學生文學獎、台積電青年學生文學獎、教育部文藝創作獎、懷恩文學獎等。

文字風景

在余光中散文獎的諸多得獎作品中，這篇〈龍蝨的眼睛〉令人過目難忘。余光中老師的評審意見中，對這位年輕的書寫者頗多肯定：「不但敏於觀察，善於想像，而且長於思考。今日的高中生有如此的才情，令人高興。」

作者吳睿哲是建中校友，他在高中時期參加生物研究社，多次進行野外探查。社團經驗豐富了他的生活，也養成了他敏銳的觀察力。〈龍蝨的眼睛〉係主題徵文之作，當屆的主題設定為「環保」，吳睿哲寫作此文時年僅十八歲。許多參賽作品為了扣合主題，淪為口號吶喊、政策宣導，以致喪失了真誠關懷與文學美感。吳睿哲特寫「龍蝨的眼睛」，細膩呈現動物的生存情境，藉此回應環境保護議題，取材確實高明。作者從經驗寫起，敘述三芝採集活動，文章整體感非常飽滿，訊息量也充足。當地原有許多龍蝨，自然生態極為完整。孰料因為人為「整治」，反倒破壞既有的生態。

文章中吳睿哲的眼睛與龍蝨的眼睛形成對照，敘述視角的變化耐人尋味，評審以為這是此文最大創意。然而，敘述視角的切換若是不當，很可能造成文氣斷裂、破碎。幸好本文巧妙避免了這種缺陷，從生物研究者的觀點著手，串連起沿路所見。作者讓現象與事件召喚出理念，拈引生物知識融入敘述中，而非生硬地插入質疑與批判，這才是最有說服力的說理文章。

卷三・當我們討論……

好句在天涯

黃永武

日本女人流行一句話：「男人退休後變成一件最笨重的家具。」多數退休男人無法反駁這話，「意氣風發」此刻變成了「雞皮鶴髮」，身心若無所寄託，不麻煩別人，只變成最笨重的無聲家具，還算不錯的，就怕退休症候群變成一扇不時發出吉吉軋軋聲教妻兒不得清靜的破門。

我到了退休，才領會讀中文系是一生最佳的選擇。退休後，想讀還沒讀的書可以去讀；想做還沒做的事可以去做；想遊還沒遊的地方可以去遊；想寫還沒寫的文章可以去寫；如果還有未了的心願就趕快去實現，一枝筆在手，山林多暇，問學日新，什麼都來得及追償往日的忙碌。

中文系的好朋友在書裡，最歡迎晚年的寂寞，寂寞時也就和這些好朋友天天品詩論文，寫作也全靠寂寞開花。

中文系的經典大抵是老年哲學，不到晚年領會不了的。到此刻正好將生活經驗及廣泛知識用來參悟人世百態，印證出人生的妙諦。禍福本來就相倚相伏，短長也只是一體的兩面，富貴乃在心而不在身，身心自然安頓者最教人羨豔，而不是宦海商場的大亨們。

中文系的文才也在大自然，所謂天地大塊假我以文章。由於中文系都相信司馬遷是由於足跡滿天下，所歷名山巨川、通都大邑、並熟悉人民風俗的怪奇紛賾，才成就五十二萬六千五百字的《史記》，所以後代的文豪都希望周遊歷覽，看盡天下的雄奇景觀，以有形的壯麗山河助長無形的文章之氣。

我不知道是否真的如此有效？到加拿大的洛磯山脈去仰嘯，巨石巍巍，頂天立地，可能使文章有雄偉峻絕之氣？到阿拉斯加冰原去探奇，層冰峨峨，人煙迴絕，可能使文章有凜靜不躁之氣？到美國大峽谷去俯察，垂足天涯，下臨無底，可能使文章有盤空排盪之氣？若說得如此確切明細是不可信的。

但我在第一次到鵝鑾鼻望太平洋，那蒼茫蒸騰令我懾服；第一次到阿里山看日出，那雄渾古祕令我懾服；第一次到蘭嶼訪原住民，那質樸簡單令我懾服。陌生的新鮮感極美，極易觸動文心。

作家的文思本來就蓄積在「題目」之前，平日在文章之外先有所得，方能見其長處於文字之中。廣博遊歷，將天下的山川民風存影於心中，這些「天異色、地異氣、民異情」的自然風物，影響作家的性情氣度總是有的，就像中國人相信北方多看山，文章便重理；南方多看水，文章便重情。山河大勢與作家性情可能息息相關，那麼常存萬象於胸，提筆時百靈奔赴，鼓氣壯勢，化作英辭麗藻，所以有此「好句在天涯」的想法。

我退休後選擇乘桴浮海去尋桃花源，我的「桴」不是漂木，不是隨水西東、無所負載的漂木；我的「桴」是遊艇，是方向自主、滿載好奇心的遊艇。清人詩道：「飄零君莫恨，好句在天涯。」我沒有漂流意識，更沒有零落悲慨，沒有難以定錨的流離慌亂，而是逍遙自在的自吟自唱。我有滿懷歡喜的觀光意識，隨時問學的心情，以及敞開的吸收狀態，學孔子進太廟每事問的不厭不倦，讀好異國這本豐富的生活大書。我的遊艇處處可以歇腳定錨，留心觀賞，準備好肩頭的古錦囊，一一收割那好句在天涯。

我選擇停泊的溫哥華島，居家附近野花遍地，鹿、浣熊、兔、鶴鶉是來訪的常客，保留著自然田園的野趣，島的北端更像三百年前初闢草萊的臺灣。在這裡不知不覺已過了十幾年想要怎樣就任情怎樣、喜歡做啥就能去做啥的日子。每天不離樹木花草昆蟲禽鳥，才是適性於我的生活，生活在自我贊同中的人，才能看見美，才能有審美的愉快生活。長期身融於林壑幽趣間，使你澄清的眼、沉澱的心，看到樹木花草都有了解渴歡悅的面容表情，昆蟲禽鳥也會謙遜退讓而親如朋友。

我喜歡在林間散步，和每個照面的陌生人說「早安」、「陽光亮麗呀」，這是成為世界公民的第一課。有一天，天將降雪，下著細雨，我向擦肩而過的陌生人說聲：「是雨不是雪呀！」

這位洋人卻回答道：「正是，是濕不是白！」

一句新鮮的答話，讓我再三回味，中國人說「是雨不是雪」，是因為雨和雪都在同一個字形部首，同一類聽起來很諧和。西方人雪和雨兩字是風馬牛不相干，字形上毫不相關。他們愛說「是濕不是白」，濕就是雨，白就是雪，我初步的理解是：濕和白，在字形上都是"W"開頭，聽起來"W"和"Wh"並無差異，我說「雨、雪」是東方的諧和，他說「濕、白」乃是西方的諧和。尋常的對話中，文化差異的美無所不在。

又有一次散步，雪已蓋地，我向一位陌生婦人說聲：「雪，好美呀！」那婦人停住腳步，向我說了一串長句道：「你喜歡雪嗎？雪是一場戰役，但對窮人來說，貧窮對人的侵害，雪還遠不如啦！」

我請她再說一遍，弄懂了就禁不住內心讚嘆這對話美得像詩。何以能出口成章？是西洋有如此的諺語嗎？不是的，西洋人不喜歡說古諺，說了怕別人笑她像老學究。我想起一則紐約新聞：有一天堆雪很厚，學校沒宣布停課，有錢的家長打電話向校方抗議：

「雪這麼厚，開車危險，為什麼不停課？」學校回答說：「一停課，窮苦學生沒有營養午餐吃！」我又想起唐代的祖詠寫〈終南望餘雪〉詩：「林表明霽色，城中增暮寒。」天晴雪將融化，城中的窮人就會更冷更難受啦！詩中寓有「我輩優游，勿忘餓餒之人」的仁者胸懷，不正和上述的新聞與對話同一境界嗎？

林間還有許多椅子，這些椅子每隔幾年就要換新的認養人，認養者常在椅背釘上新的銅鑄的名言，名言是被紀念者生前常說的一句話。新近我看到的一句話是：

喜歡向人說「早安」、「今天好啊」，都是不需看醫生的一群。

我遠航不是要去拾異國人的牙慧，而是想充分體會異國人的思想與生活。人在完全開放心胸渴求新知時，才有創造力，才具生命元氣。讀異國這本大書，隨時歡迎真正能悸動心靈的感覺，細至一言一語、一景物、一制度，一受啟發，就是天涯的好句子。當然，我也沒因遠遊而淡忘臺灣，每次古錦囊一積滿，我這艘遊艇就連吟帶唱地駛回去分享給臺灣。

——《好句在天涯：我怎樣寫散文》，三民

黃永武

一九三六年生，國家文學博士。歷任高雄師範學院國文系主任兼研究所所長、教務長、中興大學文學院院長、成功大學文學院院長兼歷史語言研究所所長、臺北市立師範學院教授，並曾創辦中國古典文學研究會。曾獲民國六十九年國家文藝獎、八十一年國家文藝獎。除學術專著與編纂外，更有《好句在天涯：我怎樣寫散文》、《愛廬小品》、《珍珠船》、《字句鍛鍊法》、《讀書與賞詩》、《詩與美》、《生活美學》等書行世。其隨筆與小品文，學識淵博，出入古今，文章雋永深刻，而哲思渾成，令人讀來餘味無窮，是一位由文學走向經學，再由經學回到文學的詩評家。

文字風景

本文是一篇隨筆，書寫作者退休生活裡的一點心得。所謂隨筆，意到筆隨，自然流利。如果意不能到而筆過之，則失之冗贅；反之，若筆不隨意，則語言滯澀，讀來也無趣味。總之，要能由小見大，令人浮想聯翩，或會心一笑，或頷首稱是，便取決於作者讀書閱歷是否深廣，文采是否燦然，而黃永武當然是其中佼佼者。

文章從日本的一句流行語起筆，談到自己由於中文系的背景，使得退休生活不必陷於寂寞無聊。或者閱讀，或者旅行，都能讓作者印證所學，體悟人生，對寫作尤多裨益。而後作者移居加拿大溫哥華，與陌生人的對話，更讓作者體會中西文化雖有差異，但總有相同的情致。或許天下文章不過是「換句話說」，但正因如此，語言才有著鮮活的趣味。本文題為「好句在天涯」，其意彷彿在之。

本文修辭繁多，對仗工整而不失靈動，能出古入今，不可不說是長年的學養之功。對今日荒於古典，少事為文的學生而言，值得多加揣摩。

論便當

焦桐

1

便當往往連接著冗長的會議，開會鮮有不無聊的，冗長而無聊的會議加上恐怖的便當，不輕生已經萬幸了，誰的頭腦還能殘存創發力？

從前我若上、下午都有課，常拜託助教訂便當，那些便當都很難吃，想來可怕，至今竟已吃過數百個這種便當。我明白虧待自己的味覺和腸胃，可也無奈，午休時間那麼倉促，不暇尋覓美味；何況助教已經努力變換各家自助餐廳了，學校附近確無差堪入口的便當。

每次我走進研究室，坐下來，打開便當盒，看一眼就有跳樓的衝動。

倪敏然自殺前，最後的身影出現在頭城火車站月臺，他買了一個五十元的便當，消失於電視錄影畫面。臺灣的鐵路便當數十年如一日，匪夷所思的是各地皆同——滷豆乾、滷肉、滷蛋，真是可怕的集體惰性。我們知道倪敏然罹患重度憂鬱症，一個決意尋死的人，已經萬念俱灰了，如果又吃到難以入口的食物，委實再推他墜入萬劫不復的深淵。

如果，他陷於人生乏味的困境時，巧遇美好的食物，完全有可能鼓舞生命的激情和勇氣吧。伊朗導演阿巴斯・奇亞羅斯塔米（Abbas Kiarostami）的電影作品《櫻桃的滋味》（*The Taste of Cherry*）中，有一位老人自述在年輕時想輕生，他爬上櫻桃樹上吊前，隨手摘了一顆櫻桃吃，驚訝那櫻桃的甜美，竟一顆顆地吃了起來，忘記要自殺。清晨金燦燦的太陽升上來，學童們的歡笑聲經過樹下，他覺得櫻桃太好吃了，遂摘了一些回家和老婆共享。

老人對那想死想得快瘋掉的男主角說：「你不想再看看星星嗎？你想閉上自己的眼睛嗎？你不想再喝點泉水嗎？你不想用這水洗洗臉嗎……你想放棄櫻桃的滋味嗎？」

生命果然不乏疲憊、憂鬱、沮喪和絕望，美食是絕望時的救贖，往往能帶領我們超越困境。我設想倪敏然那天吃到了一個異常美味的便當，夕陽有了美麗的背景，他肯定會睜眼觀看「萬紫千紅的晚霞」，肯定會有某種力量或意義自胸臆升起。

2

每個人或多或少都有一段便當經驗史，從一個便當可窺見一個家庭或某地方的飲食文化。

求學時代，母親為我送過便當，便當盒用一塊布包裹起來，有保溫、防漏之意；吃完便當，用便當盒裝茶喝。不知何時起，那覆在便當盒上的布巾消失了，取代的是觸感極劣的塑膠袋。

求學時好像餓得特別快，上午即已飢腸轆轆，大家常吟兩句打油詩：「舉頭望黑板，低頭思便當。」為安慰飢腸，有人故意不蒸便當。中午吃便當是人心激動的時刻，大家同時打開便當盒，各種家庭廚房精心烹製的香味鼓盪在教室裡，空氣中充盈著幸福氛圍。

梁實秋在〈早起〉一文中描寫五〇年代的臺北生活：「走到街上，看到草上的露珠還沒有乾，磚縫裡被蚯蚓盜出一堆一堆的沙土，男的女的擔著新鮮肥美的蔬菜走進城來，馬路上有戴草帽的老朽的女清道夫，還有無數的男女青年穿著熨平的布衣精神抖擻的攜帶著『便當』騎著腳踏車去上班。」便當是日本人發明的，便當之普遍存在，顯見臺灣人長期受日本文化的影響。梁實秋新來乍到，對此物頗為好奇。

便當，日本人叫「弁当」，類似便當的器具，在《源氏物語》中稱為「檜破子」；室町時代末期、江戶時代初期的形態則多為籃子，乃人們旅行、欣賞櫻花、探望親友時所攜帶的食物器具，叫「破籠」；「破」意謂可以上下分隔，「籠」在日語中有籃子的意思。可見「弁当」這詞語的出現不會早於室町時代，開始使用，大約在織田信長(1534~1582)生活的年代。自然，當時能帶「弁当」出門的人肯定比較富裕，一般鄉村居民只能帶飯糰。

3

大一上表演課，導演訓練我們腹式發聲，命大家模擬火車月臺便當販的叫賣：「便——當，便當，燒的便——當」，唸經般重複叫喊一個小時。話劇演員在舞臺上講話必須能傳到劇場裡的每個角落，即便是講悄悄話，也必須讓現場每一個觀眾聽清楚，舞臺上的發聲技巧就很要緊。

從前火車停靠月臺，總是有人推著便當叫賣：「便——當，便當，燒的便——當」，聲音宏亮卻非嘶喊，舉重若輕般沿著車廂外兜售，節奏感良好，帶著長亭更短亭的漂泊感。那聲音似乎迴響在記憶的每個角落。

鐵路便當是火車旅行很要緊的配備。

月臺上應該繼續賣便當，而且每一站的便當最好都不同，融合當地的名產，這才是火車的風景線。

蘇南成先生曾告訴我：福隆車站的鐵路便當最讚。我聞言即遠赴福隆買便當，唉，難道買錯了？還是滷豆乾、滷肉、滷蛋，那豬肉猶帶著膻味，面對它如面對政客的嘴臉。

近年臺鐵推出懷舊便當，使用不鏽鋼圓盒，配備提袋、不鏽鋼筷，賣便當的同時賣出了紀念品，銷售成績不惡。我認為這是一種表相的懷舊，消費懷舊情緒，其實未消費到好滋味，臺鐵雖則請回退休的高齡老師傅督導製作，這種便當的內容依然千篇一律：滷排骨、滷蛋、炒雪裡紅等物。在貧困的年代，便當裡有一大塊排骨，堪稱有點奢華的享受；如今到處都是排骨，我們已經不能滿足於吃得飽的層次。

從前的鐵路便當之所以被懷念，並非便當太好吃，毋寧是一種旅行感所渲染。在出國還不普遍的年代，火車站月臺就是現代陽關，當火車緩緩啟動，有人輕聲道別，有人拭淚叮嚀，吆喝聲夾雜在廣播聲中，小販背著便當箱追趕列車，和半身伸出車窗的旅客交易。火車越開越疾，窗外可能是綿延的山海田野，一邊看風景快速奔跑，一邊若有所思地吃便當。念去去，千里煙波，當年那個便當盒帶著離別的身影，復經過記憶的點滴修飾，隔了幾十年，已編織成一則美麗的傳說，越來越動人。

便當的內容一定要有趣，最好能表現地方特色和季節感，過度依賴醃漬物顯露出缺乏想像力和創造力。火車不僅是交通工具，何況要面對高鐵嚴峻的競爭，如果每一中、長途列車都能從「行走的好餐館」的概念出發，沒有理由生意差。

即使滷味組合，每一道菜也都要用心思細作，滷味並非胡亂浸泡醬油就算搞定，除了表現起碼的醬香，必須滷得透又不虞滷得柴，這就要將材料浸泡在滷汁中兩三天，令滷汁滲透進材料中，如此滷物方能入味而富彈性。

滷味中參加一兩片白醋薑、蔭瓜很美妙，像從前的池上飯包添入一粒酸梅，是很日式的辦法。

4

日本人的便當文化傲視全球。

天下便當以日式最具繪畫美，日本便當習慣在白米飯上撒一點芝麻，中央再放一顆梅子，像太陽旗，我稱之為日本便當的原型，是日本便當美學的起點，美感從這裡展開。羅蘭・巴特 (Roland Barthes, 1915~1980) 旅行日本時吃到便當，深受震撼，認為菜色的布置即相當講究視覺效果，各種零碎的食物秩序地在黑盒裡像一塊調色板，用餐過程類似於畫家坐在一堆顏料罐前，那邊吃點米飯，這邊蘸些調味料，那邊再喝口湯，選擇食物創作般自由，很賞心悅目。

日本最普遍的便當是一種四格「幕之內」，由白飯和數種菜餚構成，最初是表演者、觀眾在劇院中場休息（幕間）時吃的便當，故名。目前全日本「驛便屋」有三百多家，供應約三千種不同的鐵路便當，只有「幕之內」大概到處都有。

我最嚮往日本人的賞花便當，櫻花盛開時在樹下掀開飯盒，落英繽紛，落在便當盒裡，再怎麼平凡的菜色，也會有了華麗的身姿。

便當也可以是一場迷你饗宴，日本高級料理亭的宅配便當講究季節風味，布包巾裡是紅杉便當盒，便當盒裡羅列著竹筒飯、多款壽司、各色青菜、魚、肉……往往多達二十種。這種便當的高級美學不在菜色繁複，乃是如何讓繁複的菜餚互相發揚，彼此支援，在滋味、色澤、擺布各方面共同細膩地表演。

櫻井寬、早瀨淳的漫畫《鐵路便當之旅》描述宮島車站的便當店如何製作「星鰻飯」：每天直接從漁港嚴選質優量少的金星鰻（瀨戶內海特產），處理乾淨後用煮過的酒、湯汁入味，先以大火烤一下，再蘸上醬汁，接著以小火慢烤，如此重複三次這樣的步驟；最後塗上美味的醬汁，整齊排在木質便當盒裡的白飯上，進行「習慣」程序——讓烤星鰻的美味滲透進仔細煮過的飯裡，再包上紙。這種便當，每一個都用了兩條金星鰻，非常奢華。

我建議便當業者到仙台的便當店取經，日本插畫家平野惠理子採訪當地的便當工廠，進入前須穿過強風閘門以吹掉身上的灰塵，再換上消毒過的衣帽鞋子，「一進去就讓人感動莫名的，是室內那股教人不禁高呼『清潔！』的味道。在飄散著淡淡菜餚的工廠裡，怎麼還能出現那股清爽感呢？在這裡，不論亮度、氣溫、濕度，全是我未曾經歷過的舒適。經過那次參觀，我才明白便當之所以美味，裝菜的環境實在是很重要啊！」

日本鐵道便當每一站不一樣，多很精采，像信越本線橫川車站的「山嶺釜飯」，用陶製小缽裝著，打開緊閉的木蓋，一股山野香味即撲鼻而至。他們的創意和巧思充分表現在便當上。新幹線有一種便當，只要撕下貼紙或拉開盒底的繩子，就會立刻加熱。其他的名便當諸如東京站賣集大成的「超級便當」，下關站以「河豚壽司」聞名，橫濱站是

「燒賣御便當」，宮崎站賣「香菇飯」，門司站售「明太子便當」，大分站是「青花魚壽司」，到了延岡站換成「香魚壽司」，八吉站則是「栗子飯」……我在日本搭火車時，一趟路程買了許多便當。

村上春樹小說裡的食物多為西式料理或速食，如義大利麵、三明治、漢堡、薯條、沙拉、披薩，《尋羊冒險記》首次提到日式便當，敘述者從札幌站上車，邊喝啤酒邊看書，並拿出鹽漬鮭魚子便當來吃。村上春樹大概弄錯了，其實日本的車站便當中，只有北海道線的南千歲站有賣鹽漬鮭魚子便當，札幌站買不到。

這提醒我們，改善臺灣的鐵路便當首先要加入地方特色，例如基隆站可以賣天婦羅啊；臺北站可賣紅燒牛肉乾拌麵，或加入阿婆鐵蛋；新竹站可以賣炒粉、貢丸飯，苗栗站不如賣一點艾草粿、炒粄條；臺中站可以附贈一塊太陽餅；彰化站的便當內容可以是肉圓；臺南站不如推出肉粽、碗粿；花蓮站的便當則附贈麻糬……我想像車到屏東可以吃到櫻花蝦炒飯、萬巒豬腳；高雄可以選擇金瓜炒米粉；臺南附贈一杯義豐冬瓜茶；桃園品嚐得到大溪豆乾；宜蘭的便當裡有粉肝，或鯊魚煙。那是多麼迷人的鐵路之旅。

巧思亦見諸便當盒的造型，如日本東北地區的「雪人便當」、廣島的「飯勺便當」、四國主要車站的「麵包超人便當」……都是我們可以學習的對象。

5

我最常用雙層的不鏽鋼便當，這種便當菜、飯分開，容量又大，很適合我這種飯桶，優點是環保，缺點是不方便攜帶。木片或竹片便當盒的觸感佳，予人自然、質樸之美，又能吸收米飯多餘的濕氣，令飯粒更富嚼勁；不過也因而使飯粒容易沾黏在木片上，想吃乾淨需費力刮。這裡面有一種情趣，一種提醒，提醒我們珍惜食物、敬重天地。

我們果真只容得下方便、快速的事物？便當的形狀與材質可以非常多元，用保麗龍盒裝飯、塑膠提袋，只會消滅食欲。

幾年前，SARS蔓延時，喜來登飯店疑似有住房客人染煞，飯店淨空三天，重新開張的前三天，為了凝聚人氣，推出一百五十元的便當廉售一元，我在電視上看到大排長龍爭購的場面，有人竟排隊等候了六小時。為了買一個便當吃，排隊六小時，可謂天下奇觀。

經濟不景氣，有些五星級飯店竟在大門口擺攤賣便當，價格低廉，約介於七十元至一百五十元臺幣之間，明顯在跟小販、便利商店搶生意。觀光飯店熱賣便當，食材較新鮮，配菜也相對高明，口味輕易就超越了便利商店的產品，諸如老爺酒店的日式豬排便當、照燒雞飯，和粵式三寶飯；國賓飯店的粵式三寶飯；華國飯店的鹹魚雞粒炒飯；然則不免勝之不武，這樣的標準並非我們對觀光飯店的期待。

便當之美常表現在創意，不在珍饈美饌，動輒近千元的便當只能說是豪華，豪華跟美麗是不同的概念。

然則美味的便當何其難覓。我吃便利商店賣的便當，很遺憾，雖然品味標準降得很低，也只有「奮起湖鐵路便當」、「排骨菜飯」、「臺東池上飯包」、「煙燻蹄膀鮮飯盒」（肉臊顯得多餘）和「我們的雞腿便當」差堪入口。「奮起湖鐵路便當」雖則完全消失了我在阿里山鐵路上吃便當的滋味，卻能勉強解飢——薄薄的瘦肉片，雞腿、蛋、油豆腐僅是滷味，雖然談不上香，總算中規中矩，不會用駭人的怪甜、死鹹來凌虐食客的味蕾。

便當的菜色以滷味居多，乃是滷味較不會因加熱而變質，不像油炸物，置諸米飯上，再經蒸氣滲透，往往慘不忍睹。我固不贊成便當中出現炸物，如爆肉、炸蝦之屬。然則市面上好吃的滷味那麼多，這些便利商店奈何不察，隨便模仿一下，也能透露些許香味吧。

那些滷肉毫無彈性，彷彿只是泡過醬油。我懷疑這些便當裡的滷味曾經起碼的爆香程序，竟聞不到一絲絲薑、蔥、蒜或八角之味。

此外，我不明白為何便當裡總是放一片醃漬蘿蔔和一小沱紅色的醬素腸？夾起來丟棄時，白米飯上已染印著一片黃、紅色素，觸目驚心。這是令人厭惡的因襲和怠惰。第一家便當放雪菜、玉米粒、胡蘿蔔丁、花瓜、酸菜、醃漬蘿蔔，其他店家完全仿效，毫無想像力。便當可口，只是基本動作，是最起碼的商業道德。拜託，隨便轉一下腦筋也就改善了，難道色素蘿蔔不能換成嫩薑？那小沱醬素腸不能換成剝皮辣椒？

我曾經買了一個「我們的碳烤雞排」結果打開看，竟是一塊難以下嚥的炸豬排，品管竟草率至此。還有一種自詡叉燒風味的雞腿排，完全不染絲毫叉燒味，看一眼即知是泡過紅色素的雞屍。顧客是商家的主子，即使不是，彼此素無仇怨，奈何竟用這種手段對付掏錢買便當的人？又不是在毒老鼠，製作便當者何不自己倒一些色素拌飯吃吃看。

適合便當的菜很多，諸如雪裡紅、醃嫩薑、蔭瓜……便利商店的便當無法現作現賣，必須以想像力、開創力來彌補因量販而失鮮的窘境。例如有人會在滷汁中加進茶葉，不但吸收油膩，也圓融了醬油較為呆板的鹹味。

其實我吃便利商店的便當總是自暴自棄的心情，無奈中帶著墮落感。試想那便當並非即食便當，須經過烹煮、冷卻、包裝、冷藏、運送、上架，再微波後食用，防腐劑的含量令人不敢想像。

6

優秀的便當予人驚喜。和即烹即食的料理不同，便當從製成到食用隔了一段時間，打開前一般還不知道它的內容，因此除了努力保持菜餚的風味，有心人還費盡巧思，令打開的瞬間產生愉悅。

便當具有母性的特質，我常聽聞人們說如何懷念「媽媽的味道」，天下最美味的便當，恐怕是家裡自製的，我們在求學時代率皆有帶便當、蒸便當、集體吃便當的經驗。

便當連接了太多人的感情和記憶，今村昌平《鰻魚》裡的鰻魚是一種隱喻，迴游、自由、孤獨的隱喻；是被背叛的丈夫傾訴的對象。真正的美食竟是一盒從未打開過的便當，片頭那紅杏出牆的妻子為丈夫所精心準備的便當，帶著歉疚的心情，那便當盒裡的內容必定十分可觀，可惜他妒意徒起，無心消受；殺妻、出獄後更三番兩次拒絕女友為他準備的便當。那便當，自然是人際溝通的指標，象徵了親愛、接納的程度。

我喜歡的便當生活，是一種陳舊美學，相關配備包括可重複使用的便當盒，筷子，布質提袋和包巾、繫帶；殘存在記憶角落的布包巾，攤開來還可以當桌墊。

便當帶著越界的性質，離開家庭餐桌，遠足到另一地點。

我常追憶華盛頓州行旅，在一座美麗的冰河湖邊下車，坐在枯木上呆呆長望藍寶石色澤的湖，河岸盛開的菊花，山上千年不融冰雪，針葉森林，藍得深邃的湖好像被什麼神祕的事物激盪起漣漪復歸於平靜，忽然覺得手中冰冷的三明治，飽含著不可思議的滋味。

——《暴食江湖》，二魚文化

焦桐

本名葉振富，一九五六年生於高雄市，曾任《商工日報》副刊編輯、《文訊》雜誌主編、《中國時報》副刊組執行副主任、二魚文化事業群創辦人、「世界華文媒體集團」編委會顧問臺灣飲食文化協會理事長、中央大學中文系副教授等職務。

焦桐以文學關懷社會，勇於顛覆傳統，開創新意。近年投入飲食文學，探勘臺灣真味，引起臺灣品味美食的風潮，是相當具有影響力的作家。

著有詩集《蕨草》、《咆哮都市》、《完全壯陽食譜》等，及散文《我邂逅了一條毛毛蟲》、《在世界的邊緣》、《暴食江湖》、《臺灣味道》，以及童話、論述等等二十餘種。詩作被翻譯成英、日、法文多種在海外出版。編有年度詩選、小說選、散文選及各種主題文選三十餘種。

文字風景

飲食散文之所以難寫，是因為「事關切身，難宣於口」。畢竟在人身五種基本感覺裡，視覺聽覺是美感最基本的來源，但是嗅覺味覺所直接關聯的便是食慾肚腸，尤其味覺一項，食物經咀嚼吞嚥，化為春泥，就不是什麼風雅之事了。

但作者論便當，卻能由俗見理，曲盡其妙。第一節從反面起筆，難吃的便當令人愁悶欲死，但美好的吃食卻能讓人眷戀生之可愛。人們飲食本是為了滋養肉體生命，但作者卻察覺到飲食與精神狀態更加深沉密切的關係。第二節從自身帶便當的經驗，考察便當的起源。第三、四節則泛寫臺灣人共同的「鐵路便當」記憶，以聯繫到日本人對於便當的用心，因為用心，所以敬重愛惜：以製作過程清潔乾淨，充滿在地特色的便當，體貼每一個顧客的心意。對照第五、六節所反省的，正是臺灣粗製濫造，千篇一律的便當文化當中，所缺少的愛人愛物之心。

總而言之，對作者而言，便當不只是便當，而是具有母性的體貼與愛意，更包含著情感與記憶的綜合體，在陳舊中見溫暖，因越界而令人戀家。最後一筆盪開，情景飲食在旅行中巧妙結合，正是便當的最高境界，令人回味無已。

莫內最後時光

蔣勳

從背叛到主流

很少有人會把莫內和二十世紀聯想在一起。

莫內生在一八四〇年，進入二十世紀（一九〇〇）時，他已經六十歲。

莫內在一八七四年為印象派命名，他是屬於十九世紀的。

二十世紀是畢卡索「立體派」的時代，二十世紀是馬諦斯「野獸派」的時代，二十世紀是康定斯基抽象繪畫的時代，一九一四年有未來派(Futurism)，一九一六年有達達主義(Dada)，一九二〇年超現實主義登場。

從一九〇〇年到一九二六年以八十六歲高齡去世，莫內在長達二十六年之間看到歐洲藝術潮流風起雲湧，後浪推前浪，新的主義流派層出不窮。莫內已經是藝術史上大師級的人物，從年輕時的背叛主流、顛覆傳統，轉眼三十年過去，四十年過去，一瞬間，他自己變成了新的主流，新的傳統，占據著在歐洲、甚至全世界藝術執牛耳的位置。面對著眾多日新月異的新藝術挑戰，「大師」莫內將何去何從？

歐洲藝術從十九世紀印象派開始，形成一個不斷反學院反主流反官方的美學傳統。莫內正是這傳統的開端。他在一八七四年落選展展出的〈日出印象〉，成為第一面反主流學院的大旗。這張當時備受爭議的畫作，被主流學院嘲弄諷刺，以極盡侮辱的方式謾罵為「印象派」。「印象派」一辭意外從負面變為正面意義，也因此確立了西方美學長達一世紀以上年輕藝術家的反主流運動。

許多十九世紀的反主流藝術家在激情的叛逆中早夭，創立點描畫派的秀拉 (Seurat) 三十三歲就離開人間，大家熟悉的梵谷，備受孤獨焦慮折磨，在精神病院畫出驚世傑作，一生沒沒無名，三十七歲自殺辭世。甚至如高更，在大溪地異域流浪漂泊，生前未受肯定。再晚一點，維也納畫派的席勒 (Egon Shiele) 二十七歲就夭亡了。他們都沒有莫內的長壽、富有、安定、幸福的生活。他們都沒有機會經歷莫內最後四十年功成名就的幸福。

莫內與這些早夭激情孤獨的年輕生命不同，他中年以後有機會得到認可，畫作收入豐富，足以供養他在吉凡尼 (Giverny) 經營美麗的「莫內花園」，經營一片蓮花池，修建日本拱橋，一年到頭，花圃裡的花奼紫嫣紅，他的花園成為全世界政要富商涉足拜訪的景點。一戰時領導法國的總理克利蒙梭(Clemenceau)也時常帶友人造訪。賓客不斷，以至於莫內花園裡擁有大到驚人的廚房餐廳，琳琅滿目的講究餐具，當時由莫內和夫人親自調製的料理，至今還流傳有一冊厚厚的《莫內食譜》。

中年以後將近五十年，莫內無疑過著養尊處優的幸福生活。然而，幸福會不會是一個藝術家創作的另一種危機？和梵谷截然不同，莫內晚年幸福安定，如此幸福安定生活裡產生的畫作，應當如何看待？

藝術史也許傾向於悲憫孤獨受苦的靈魂，如梵谷，如席勒，如高更，比起這些異變扭曲飽受折磨的創作者，莫內顯然是顯得太正常也太幸福了。

莫內也許使我們思考：正常幸福是不是創作的另一種難題？

吉凡尼的時光

莫內二十五歲與第一任妻子卡蜜兒初戀，雖然當時貧窮困窘，雙方家長都極力反對，但是卡蜜兒不斷在莫內早期畫作中出現，可以看到莫內陶醉在戀愛裡的幸福。兩人生活在一起十四年，生下兩個孩子，一直到一八七九年卡蜜兒逝世，莫內還在病床邊畫下她最後的容顏。

在卡蜜兒罹患癌症最後幾年，莫內無法照顧兩個孩子，就由當時他的經紀人赫西德(Hoschede)的太太艾麗絲照顧。艾麗絲自己有六個孩子，加上莫內的兩個，總共八個孩子，照顧了四、五年。當時艾麗絲的丈夫赫西德是巴黎百貨公司大老闆，又從事藝術投資，闊綽富裕，經濟不成問題。但是一八七七年赫西德事業失敗破產，逃亡國外避債，丟下妻兒無法照顧。一八七九年卡蜜兒逝世，這時失妻的莫內就和寡居的艾麗絲以及各自與前妻前夫生的八個孩子共同居住，在吉凡尼組成了一個龐大的家庭，低調，與世隔絕，過起一般夫妻安靜平凡的鄉居生活。

赫西德一八九一年逝世，第二年艾麗絲與莫內登記為夫妻，艾麗絲成為莫內生命裡的第二個女人。長達四十年，兩人白首偕老，共同把八個孩子帶大。艾麗絲的六個孩子同時擁有「赫西德」、「莫內」兩個父姓。艾麗絲的一個女兒後來也嫁給莫內長子。他們的家庭，除了少數愛講是非的八卦小報之外，其實是美滿幸福的。

然而，艾麗絲，這名女性，卻幾乎不曾出現在莫內畫中。

卡蜜兒是莫內的模特兒，年輕漂亮，為了戀愛不惜與家庭父母決裂，莫內自己也正年輕氣盛，叛逆一切世俗價值，在窘困的環境拒絕與主流妥協。他畫中的卡蜜兒總是在陽光裡，燦爛奪目，像他當時眷戀的日出之光。

莫內第二次的婚姻卻似乎與第一次的經驗完全不同。

多年照顧八個孩子的艾麗絲是一個溫厚有耐心的母親，在前夫事業破產後被遺棄，莫內正失去卡蜜兒，生活一時也陷入困境，兩人的相互依靠，相互安慰，不再是年輕時激情的戀愛，毋寧更是一種務實的平凡安穩生活的相依相伴吧！

這樣的婚姻生活，兩人都已是「塵滿面、鬢如霜」的年齡，不再是年少輕狂的如詩如畫，卻另有一番人世平凡安穩的美。

一八九一年，莫內與艾麗絲住在吉凡尼十年，他在鄉間田野中散步，看到夏末收割後的麥田，遼闊的田野，堆放著一疊一疊乾草堆。莫內每天在田野走，有時一個人，有時跟艾麗絲或孩子一起。他看著乾草堆棄置在田間，準備作肥料或畜生的飼料，沒有人在意，這樣平凡卑微的東西，沒有畫家會以乾草堆為對象畫畫。然而莫內看到了光，黎明時第一線日光映照的乾草堆，日正當中的乾草堆，夕陽最後消逝一剎那間的乾草堆。他開始畫起乾草堆，從日出到月落，從春光明媚到夏日炎炎，從秋光的沉靜到冬日白皚皚的雪光。目前全世界美術館收藏的莫內「乾草堆」系列大約有三十幾張，一個最平凡無奇的田野鄉間景物卻記錄了時光歲月的變遷滄桑。

沒有在莫內畫中出現的艾麗絲，也許隱藏在一堆一堆的乾草間，看歲月流逝，看時間流逝，看生命悠長緩慢之光的安靜沉著，不是傳奇，沒有浪漫，只是人世安穩平常。

「看」與「觀想」

莫內在進入二十世紀以後，看著一個一個背叛主流的藝術新風潮興起，曾經是最早的「背叛者」，莫內一定有很深感觸。

年輕時的夢想，年輕時的野心，年輕時激情昂揚的熱烈愛恨，年輕時的鋒芒畢露，好像也在歲月裡磨蝕蛻變，含蓄內斂成一種圓融渾沌的光。

莫內老了嗎？年輕傲氣一身銳利的藝術家或許會這樣質疑「大師」莫內。

莫內很少外出，在吉凡尼附近的鄉野田間漫步，身體越來越痀僂，步履越來越蹣跚。一九一一年艾麗絲去世，莫內七十一歲，他獨自居住在花園中。與艾麗絲一起經營照料的花園，引河水為池塘，栽植垂柳，池中四季都是蓮花。他常一人在日本拱橋上看花，看含苞的花蕾，看花綻放，一瓣一瓣打開，看花在月光下色彩的流動，看垂柳倒映池中，隨水波搖漾。四十年過去，花開花謝，日月晨昏，雨霧寒暖，每一滴落入水池的露水都盪漾起水波漣漪，每一滴露水落入水池都有不同的輕重聲響。四十年的花園記憶，像是許多複雜無法歸類的身體感官的片段。清晨閉著眼睛，從鼻腔到肺葉感覺到水池的清新。最無月光的夜晚，指尖撫摸著每一條垂柳，可以分辨初春每一片柳葉的幼嫩與秋後的枯乾。他的嗅覺觸覺裡都是花園的記憶，與艾麗絲一起經驗的記憶，艾麗絲離去以後，記憶更為真實。孩子長大，陸續離去，腳步聲漸行漸遠。

花園依然是花園，他閉起眼睛，嗅覺、觸覺裡滿滿的記憶，睡蓮、垂柳、水草、日光、月光、濃霧與雪光。八十歲的老畫家，視覺模糊了，看不見色彩，只有模模糊糊的光，但是他嗅聞得出日出時池塘泛起的潮濕氣味，他仍然可以用手指撫觸得出垂柳不同季節的柔軟與乾脆。他聽得見每一朵蓮花綻放時清晰的「啵」的一聲喜悅的叫聲。

老畫家看不見了，醫學上剛剛有了切除白內障的手術，但是莫內害怕，他不能確定動了手術，是否連那一點光的朦朧也會消失。

醫學界為了莫內晚年視覺異變的現象開了許多學術會議，也出現不少研究白內障異變的視覺研究論文。

醫學界甚至藉以解釋莫內晚年繪畫裡明亮藍色與黃色的消失現象。

莫內看不見了，他沮喪到把畫了一半的畫布扔到池塘中，他寫信給朋友，呼叫失去視覺的痛苦。

然而，莫內繼續畫著池塘睡蓮垂柳，他有時會拿著一管顏料問助手，這是什麼顏色？

如果耳聾是一個偉大音樂家最後聽覺的極限挑戰，那麼莫內也正是到了要挑戰視覺極限的時刻吧。

莫內在最後六年創作了高度兩公尺、長度達二百公尺長的一組巨大作品〈四季睡蓮〉。

這組巨作收藏在巴黎橘園美術館，分兩個展示廳，在橢圓型空間裡，觀賞者被四面的池塘、垂柳、睡蓮包圍著。水波盪漾，垂柳輕拂，睡蓮一一綻放，忽然一片金黃夕陽反光，濃霧瀰漫，雨聲夾著雪片紛飛，畫家一生的記憶都在這裡。睡蓮、垂柳、池塘，時光與歲月，莫內為自己唱了最後的輓歌。許多人在這組巨幅作品前坐著、站著，像是在看，又不像在看。也許莫內真的不是要大家「看」睡蓮，而是要我們「感覺」睡蓮。如同當他看不見了，關閉了視覺，卻才開啟了身上無所不在的眼睛。

「觀想」不是「看」，「觀想」是在更高的意義上打開心靈的眼睛。

八十六歲的莫內，在眼睛瞎掉以後用一幅美麗的畫作告訴我們：生命可以有更多更豐富的東西要看要領悟，這是早逝的生命無論如何無法彌補的遺憾吧。

二十世紀東方的黃賓虹、西方的莫內，都經驗過白內障，都一度失去視覺，然而也都在八十歲以後創作登峰造極。

——二〇一〇年十月二十日《聯合報》

蔣勳

福建長樂人。一九四七年生於古都西安，成長於寶島臺灣。臺北中國文化大學史學系、藝術研究所畢業。一九七二年負笈法國巴黎大學藝術研究所，一九七六年返臺。專攻中西洋藝術史研究，亦從事繪畫創作。曾任《雄獅美術》月刊主編，並先後執教於文化大學、輔仁大學及東海大學美術系。近年專事寫作、繪畫、藝術美學研究推廣，散播無數美學種子。他認為：「美之於自己，就像是一種信仰一樣，而我用佈道的心情傳播對美的感動。」其文筆清麗流暢，說理明白無礙，兼具感性與理性之美。著有：《天地有大美》、《美的覺醒》、《身體美學》、《漢字書法之美》、《孤獨六講》、《破解米開朗基羅》、《黃公望富春山居圖卷》、《島嶼獨白》、《多情應笑我》、《少年台灣》等書。

文字風景

蔣勳近年來致力推廣美學教育，用深入淺出的方式向讀者介紹藝術家與藝術品。他的文字婉轉多情，每能引起迴響共鳴。林文月曾說：「蔣勳習畫，所以在他的文章裡，視覺畫境特別彰顯。」〈莫內最後時光〉裡，蔣勳用樸實的文字勾勒藝術家的晚年，揣想生命的終極限制底下創作如何可能，同為藝術創作者的蔣勳如此提問：「幸福會不會是一個藝術家創作的另一種危機？」相較於梵谷、席勒、高更這幾位飽受折磨的創作者，莫內顯得太正常也太幸福了。然而，莫內到了要挑戰視覺極限的時刻，竟還能創作高兩公尺、長度達兩百公尺的一組巨作〈四季睡蓮〉，展現了驚人的氣魄與氣勢。

一般人常推崇飽受摧折的藝術家、歌頌苦難中誕生的藝術作品，也常講「文窮而後工」。〈莫內最後時光〉一反此道，關注的是：「正常幸福是不是創作的另一種難題？」蔣勳詳述莫內的晚年生活，推敲他如何用行動克服了創作困局，其中關竅或許在於「開啟了身上無所不在的眼睛。」文章的結論是，在更高的意義上打開心靈的眼睛，才能臻於藝術化境。繪畫史與畫派知識，蔣勳信手拈來便可入文，使文章更為豐富飽滿。學識的累積，是作家評價人物時重要的依靠。品評鑑賞若要不同流俗，還是得先在學問上下功夫。

或許他只想當個江邊老人

陳文茜

七百年前的江水仍在，七百年前的道人卻早已死了。然而七百年前的故事，始終完不了；永遠有著續篇。

中國繪畫史上巔峰之作〈富春山居圖〉前八分之一「剩山圖」與後八分之七「無用師卷」，二〇一一年六月一日起終於相隔三百五十年後，在臺北合璧展出！臺北故宮依限展品內規，展期僅維持兩個月。七月底，也就是只展兩個月後，一幅完成於七百年前的千年稀有國寶畫作，再度展開勞燕分飛的旅程；「剩山圖」回浙江博物館，「無用師卷」留存臺北故宮庫房。

它們上回合璧，竟已是三百五十年前的往事！

〈富春山居圖〉靜悄悄在元代無人知曉的畫家手中完成，一路隨時間更迭名氣愈來愈大；等過了明，越歷清，驚心動魄的朝代一個個滅了……終於七百年後，一些難以想像的聯結，一個不夠濃厚的因緣；千年名作先是斷裂，終此聚首。

但也僅僅六十天後，此圖再次走上分離之路；屬於〈富春山居圖〉的故事，注定完不了。

〈富春山居圖〉在東方畫作史、甚至世界繪畫史上擁有崇高巨作地位，來自三項非常特別的因素：

第一，它的作者黃公望，八十高齡才開始提筆繪寫富春江疊峰山巒四季變化的長卷大作。黃公望與西方天才型畫者梵谷不同，在七十歲前，他從未想當個畫家。正如所有宋元明清的中國文人，黃公望幼年書讀得好，一心只想參加科舉考試進府做官。四十歲之前，他的人生追求的是身分地位，這位了不得的巨人曾一度被擺在難以想像的乏味官職，杭州官府專收田糧賦稅小官。改變他人生境遇的不是任何大時代的文化潮流，而是被長官牽連下獄，牢坐了十年，罪名也不如蘇東坡令人同情，頗不高尚的貪腐之罪。五十歲黃公望出獄，轉身成了道士；隱居民間長達三十多年。松花江畔一位後代才知曉的偉大畫家日日擺攤，幹一個一點也不體面的職業，賣卜為生。

但正是這樣的人生歷程，使黃公望的〈富春山居圖〉跳出了中國山水畫作的框架；近山線條洗練，遠山淡墨渲染；七百公分長卷，畫盡老莊道學的哲理。〈富春山居圖〉山勢或天長地久，江水或隨意率性，幾隻鴨游水間，筆觸有若簡單的「乙」字橫掃而過，樵夫、釣客流連江邊，不知是為了工作，還是只想偷點閒逸寧靜的垂釣。歷經人生浮沉起落，黃公望對世間滄桑，既無愛恨，也無執著。因此〈富春山居圖〉成了一本繪圖式的哲學之理，江水幾灣，雷雨滂沱，樹石迎風，一切無痕。它從來不只是一幅長卷畫，而是人生啟迪的哲理；這與西方最著名的畫作梵谷燃燒年輕生命、高更縱情大溪地截然不同；也使〈富春山居圖〉成了東方世界七百年來，無人可超越，繪畫竟達哲學境界的偉大作品。

〈富春山居圖〉從完成的一刻，通經卜卦的黃公望已預言此畫未來命運將「巧取豪奪」。黃公望為完成此作，據蔣勳老師考證，在富春江待了近五至六年左右；八旬的黃公望業已領悟人生縱有迴盪，但勿須執著；從起始至死亡終結，一段因緣罷了。黃公望接近完圖時，將此畫贈與師弟，號「無用」，他則自稱「大癡」。師弟無用看透不了人生，急著想取歷史巨作，「大癡」僧人西元一三五〇年於畫末落款題跋，「暇日於南樓援筆……興之所至，無用過慮，有巧取豪敓（古奪字）者。俾先識卷末，庶使知其成就之難也……。」落款那一年「庚寅」，從此有關此圖的故事，不斷於不同的庚寅年出現轉折；而且凡想巧取或豪奪者，正如「大癡」預言，終難究其全貌矣。

無用師弟一毛錢沒付取得了〈富春山居圖〉，死後他的後代將之變賣。〈富春山居圖〉

走入明代，名氣越來越大；歷經多位大畫家收藏，也從此開啟世界繪畫史上少見坎坷傳奇的收藏故事。

明代成化年間，大畫家沈周曾短暫收藏此畫，後被詐取騙走；萬曆年間又歸大書畫家董其昌收藏。當時的〈富春山居圖〉已脫離高僧盡興之作的地位，而是人人想取得巨作珍愛之物。凡畫壇後學，皆以黃公望為元代山水美學之首；每獲此畫者，皆不斷臨摹，甚至對著畫高呼「吾師乎！吾師乎！」

大畫家董其昌因生活困難，為此圖作了一件關鍵性的大事，把它典當給富人吳達可；但終生贖不回。〈富春山居圖〉今日所以裂成兩段，即因董其昌典當的吳家流傳至第三代，碰到了痴畫瘋子吳問卿。臨終前竟遺言，將此畫「火殉」。吳問卿生前愛此畫，除為其打造一間「富春軒」特別供奉外，據傳睡覺抱著它，飲食望著它。枕旁桌邊，一幅高僧本無痕、無用、無求的巨作，從此走上愛執癲痴的悲劇命運。根據記載，吳問卿在明代覆亡之際，還曾光著腳帶著這張手卷躲入山中避難。清順治年間吳問卿臨死前遺言「火殉」，斷氣片刻，〈富春山居圖〉大卷被丟入了熊熊火光；山與江從此斷離。吳一闔眼，識貨的侄子從火中把富春長卷搶救出來。當時文壇已將黃公望的〈富春山居圖〉與王羲之的〈蘭亭〉相提並論，所謂國之二寶。歷史巨作雖未燒成劫灰，卻從此分割。圖首啟承之挺拔大山，從此成了孤獨的剩山；後八分之七蜿蜒山陵的江水、松林、趣樂、閒逸、寧靜、樵夫、垂釣者，……一一與孤挺的剩山告別。吳問卿火殉〈富春山居圖〉之年，正是西元一六五〇年；屈指一算，又是巧合；那一年也是庚寅年，斷離之後，兩幅畫一起隔年賣入民間，從此竟三百六十年未再聚首；直至二〇一〇年溫家寶拍板浙江博物館所藏「剩山圖」無條件與臺北故宮後八分之七「無用師卷」合璧；二〇一〇年，也是庚寅年。

〈富春山居圖〉最後一個傳奇，在清乾隆年間進入高峰。酷愛藏畫收畫的皇帝，下召臣子，普尋〈富春山居圖〉。了不起的黃公望冥冥之中，鬧了皇帝一個大笑話。西元一七四五年，等了十年的乾隆拿到了一幅偽作，大樂不已，上下蓋滿了皇上的章及密密麻麻的題跋。第二年，真正的畫出現了。這兩幅圖均是原圖的後八分之七，少了剩山之首。別說宮廷鑑賞家，連我去年在臺北故宮閱圖時，都一眼看出真假。一幅矯揉匠氣，一幅渾然天成。愛面子的皇帝不肯承認自己丟人，只好饒了黃公望的真跡，沒蓋章，沒題醜陋又密麻的跋。全圖除大臣梁師正以楷書撰寫其畫雖偽，「但畫格秀潤可喜」。於是，黃公望一個落寞下獄的道士，做不成官的元代文人；到了清代，竟戲弄了皇帝，仙風道人超越了至高無上的權力。

三百五十年的離散，又稱大癡畫卷的歷史巨作，二〇一一年六月一日起，在一個黃公望不曾知曉的外雙溪旁臺北故宮合璧展出。乾隆無法再世，即使權縱天下，他一生始終無緣見到〈富春山居圖〉前後合璧的全貌。

無用、巧取、火殉、離散、豪奪……聚首。流離七百年歲月，然後再次命定分離……又是一段新的淒涼調，開始譜曲。黃公望在乎嗎？我彷彿聽聞遠山傳來一名道士的笑聲，震聲三尺。道士正搭著船，猶如七百多年前的那位仙人，船尾繩綁一只酒罈；登岸時，才發現繩已斷，酒罈已沉。水粼粼，夜冥冥，富春江水此刻是幽情，是戀情，是悲情，也是天才的奇情。道士結了語：此趟旅途，該來，也不該來。

——《文茜的百年驛站》，爾雅

陳文茜

一九五八年生，宜蘭人。臺大法律系畢業後赴美求學，獲歷史社會學博士學位。她是臺灣著名女性媒體工作者及政治人物，臺灣民主化運動的早期活躍者之一。曾任民主進步黨文宣部主任、民進黨發言人，後因故退出民進黨。於二〇〇一至二〇〇四年間擔任第五屆立法委員。以言論尖銳著稱的作家李敖曾多次公開誇讚陳文茜是最聰明的女人。

曾主持多個新聞與政治評論節目，獲金鐘獎最佳綜合節目主持人。著有《虛擬人生》、《文茜小妹大》、《文茜詠歎調》、《只剩一個角落的繁華》、《文茜的百年驛站》、《微笑刻痕》等。

文字風景

作者以才女之姿，評論時事，針砭社會，在臺灣媒體與政治兩界無人不曉。近年來因與蔣勳結緣，對於藝術頗有關注。本文是應黃公望〈富春山居圖〉合璧展出之緣，寫作的一篇畫作背景介紹，披露於報端。雖然只是介紹，卻不同於一般展覽枯澀的介紹文字，反以極流利且富感性的文筆，向讀者娓娓敘述黃公望其人其事，以及畫作自元朝以來流轉收藏的故事，誘人想一窺這幅中國七百年來第一名作的全貌。

作者首先簡敘展覽的期限，又約略提起〈富春山居圖〉背後藏著長達七百年的傳奇，作為全文的發端。接著便說明此畫的三個傳奇：黃公望一生的際遇與成畫的背景，〈富春山居圖〉歷代的收藏情形與斷裂的原因，以及乾隆皇帝認假為真的故事。作者講述這三段傳奇故事，時時環扣著黃公望最後體會的道之境界，因緣聚散，繁華無痕，似乎有意以文字提醒讀者，世間萬物本就是成住壞空，執著只能是世間的執著。對於黃公望而言，這一切並不重要，繫酒於舟，繩斷酒沉，也不用有什麼傷感了。

本文敘事流暢，每一段小故事後面，作者皆以自身的感性點染，加強了故事的渲染力，使讀者在不知不覺之間，也因此感受了作者的感受，是相當高明的手法，或許這也就是作者能在媒體界享有高知名度的原因。

遺忘，是最善好的祝福——送行者及其他

簡白

死亡的況味，糾結連綿著，親情的羈絆。

瀧田洋二郎導演、本木雅弘主演的電影《送行者》，賺取了無數觀眾的眼淚，贏得了二〇〇八年第三十二屆蒙特婁國際影展最佳影片、二〇〇九年第八十一屆奧斯卡最佳外語片等多項大獎。事實上，《送行者》從發想、遊說、籌資、動員，直至攝製階段，幾乎全靠本木雅弘一人熱心奔走（二〇〇七年過世的本木雅弘經紀人小口健二也功不可沒）。

一九九三年，才滿二十七歲的本木雅弘，受到報導攝影家藤原新也作品 "*Memento-mori*" 強烈吸引，夥同五、六名男性友人，前往印度自由行三個星期，親眼目睹恆河聖城瓦拉納西的火葬與水葬景觀，甚至任憑犬狗撕咬屍體的動物葬，備感驚駭衝擊。返回日本後，本木雅弘編製自己的攝影集《天空静座——HILL HEAVEN》，參考閱讀剛剛付梓的青木新門散文集《納棺夫日記》（臺灣正體華文版新雨發行），訝異得知日本社會竟

然確切存在「湯灌、遺體化妝、入殮」這樣的行業，從此關於死亡的思考也就變得真實而立體起來，腦海裡醞釀故事，將《納棺夫日記》搬上大銀幕的念頭，縈繞糾纏十五寒暑之久──二〇〇八年電影夢完成，他已經由二十七歲的青年期，走到四十二歲的前中年期了。

納棺夫應該稱作納棺師比較妥適，並非純從禮貌上考量，而是從業人員也可能屬於女性。作為一種職業種別，納棺師非等同殯葬業，「湯灌、遺體化妝、入殮」如此細部親暱的處理，日本二次戰前多半委託死者家族或聚落年長的男眾女眾（臺灣亦然，多半委託同村里的宗親會互助組織）。日本職業納棺師的真正問世，源起自一九五四年九月下旬，津輕海峽發生的洞爺丸海難慘劇，總共五艘客輪遭逢颱風吹覆，將近一五〇〇人喪生，屍首量巨，殯葬業者號召臨近的函館居民協助，事後納棺師行業便於當地形成，並慢慢擴延其他縣市。

青木新門根據親身經歷寫成的《納棺夫日記》，原初發行算計，大概只是北陸富山縣富山市地方型出版社（桂書房）發行的冷門書籍之一，因此一九九三年三月首版一刷僅只五百冊而已，誰知購讀者感動之餘，競相口耳傳播推薦，反竟以每月增印三千本的速度，持續「賣進」長達二十多個月。《納棺夫日記》一書的內文構成，共分三章及附錄兩則短篇小說。前二章敘述己身從事納棺夫工作的緣由、案例和心境，抒情抒景充滿詩意哲思，甚且洋溢富山風土色彩；後一章根據淨土真宗的立場，探求死亡的意義及歸處，全心擁戴真宗宗祖親鸞上人(1173~1262)的洞見法門。

本木雅弘幾度拜訪青木新門，懇求應允改編《納棺夫日記》，終於取得了作者首肯。怎料，等到目睹劇作家小山薰堂完成的腳本，青木卻反悔承諾，拒絕《納棺夫日記》改編成電影。因為他不滿劇中的故事場景，竟從原著的北陸富山縣，更動移至東北的山形縣；也非常介意自己縝密鋪陳的宗教觀，在劇本裡頭完全被抹煞，蕩然無存。迷失了原著的風土與淨土，青木新門責問本木雅弘，「你究竟要把死者送行到何處呢？」奈何本木再三解釋，透過劇組勘景，山形縣的地理、設施拍攝條件較佳，以及沉重抽象的宗教觀難以掌握表現、觀眾不易理解等等理由，百般企圖說服，青木仍舊固執己見。但眼看本木的確捧著誠心前來託付，所以青木委婉勸告，「那就當作外形內質完全相異的作品去拍好了，拙書並非原著，在下也並非原著作者，各走各的路吧。」縱使表面上分道揚鑣，本木雅弘仍舊在人前人後各種公私場合，推譽《納棺夫日記》，表明承受並感謝作者青木新門給予的莫大啟發。

《遊行經》記載，釋迦牟尼臨終囑咐，自己凡身的後事委諸在家信眾，告誡弟子阿難等人應該精進修行，勿受妨礙。早期於七世紀、八世紀成立的日本南都奈良六宗（華嚴宗、律宗、三論宗、法相宗、成實宗、俱舍宗）寺院，至今仍謹守世尊教誨，不涉足喪祭。鎌倉時代誕生的淨土真宗宗祖親鸞上人，曾言自己「閉眼則投入賀茂河餵魚可矣。」儘管送往極樂，淨土真宗的葬禮儀軌，並非消業、滅罪，加諸功德於靈魂已經安住無量光明淨土的皮囊肉塊。一向專注他力（阿彌陀佛本願）信仰的淨土僧侶與檀家，喪祭行事主要為求禮拜禮讚本尊阿彌陀佛。西本願寺博士僧大村英昭，將淨土真宗的獨尊獨崇阿彌陀佛，排斥外教外宗迷信的一神教性格作風，稱之為「佛教的清教主義」。

人要如何求取死後的幸福呢？綜合不外下列六種途徑。

第一，取決於死者生前的身份。如古埃及法老王與皇親貴族。

第二，取決於死者生前善惡行為的累積。大抵通行全世界各民族。

第三，取決於生者臨終之際的行為或遭遇。如躺臥自家床榻溘逝得以善終，在外橫死、自殺則墮入枉死城或變為厲鬼。

第四，取決於生者歿後的行為。如中陰身四七階段的修習。

第五，取決於生者臨終之際親友的行為。如家庭成員隨侍在側。

第六，取決於生者死後的遺族的行為。如舉辦法要法會。

但除此之外，果真沒有其他方便慧行了嗎？

古印度《吠陀經》聖典群之一《梨俱吠陀》，其中的祭儀書記載，混沌初開的天地之間，萬古皆長晝，並無日夜分別。率先降生世界的男女分別為YAMA和YAMI，兩人實屬孿兄妹。結婚不久YAMA亡故，YAMI悲傷痛苦，整日淚洗臉面，哭泣呼喊「今天夫君死矣」，沒有止盡。神祇聽聞YAMI傷悽悠遠，禁不住憐憫，便將長晝劈劃日夜各半，輪番升降更替，合一日夜作為一天。哀痛的YAMI，往後悲嘆立刻由「今天夫君死矣」，漸次作「昨天夫君死矣」、「前天夫君死矣」、「大前天夫君死矣」、「大大前天夫君死矣」……，終至淡忘，生活恢復平靜。YAMA是人類第一個死者，因能解脫生者的掛念，甩開繫絆，方能夠無拘無束，上昇天界發現樂土，佔領做王。起初還很歡迎後續的其他死者昇天共享，但畢竟鬼滿必為患，YAMA於是下地造獄，即地獄，縛綁孽障深重的惡鬼抵此關住。YAMA從此統治天國及地獄，是天國之王，也是地獄之王，並兼司誰該昇天誰該墮地的審判官。YAMA的神話被佛教吸收，傳到了中韓日，變身「閻魔」，或訛音「閻羅」。北傳佛教的死亡後輪迴前的七七四十九日中陰身階段，似乎也可以看做生者對於死者，從追憶到淡忘、由深厚至淺透的心理機轉漸程。

日本淨土宗踊念佛宗宗祖空也上人(903~972)，在著作《地藏和讚》講述，繁多業已死去經日累月的小孩，每於白天聚集陰陽界三途川岸地賽河原，堆疊五重卒塔婆，邊齊聲喃唸「一重回向給父親、一重回向給母親……」認真感銘。但傍晚惡鬼必定出現，踹腳踢散他們的五重塔林，叱罵「髒兮兮的什麼東西呀？這般哪裡是供養的料色！」死去的小孩嚇得直發抖，惡鬼接著唱喏：「汝等勿恨鬼來欺，細想緣由即曉知，可憐娑婆父母親，目睹玩具先濕襟，遇見鄰子又泣心，令教父母悲難止，汝等罪過實非輕。」孩子早夭，讓父母鬱鬱寡歡；爸媽日日了無生意，更又加重棄別父母的孩子的不孝業孽，使得死去的孩子的亡靈，遭拒往生彼岸，晝夜徘徊賽河原飽受霸凌喫苦——直到父母拋卻憂傷，心頭放下了死去孩子的時候來臨。

基督教徒的親歷故事，同樣教人感心與驚心。

詩人兼作詞家西條八十(1892~1970)，疼愛的幼女病逝，他身心大受衝擊，天天悲愴難抑，三個月後第九十天的「卒哭日」過去，親友勸他於情於理都應該打起精神，正常度過日子，但他無論如何，照舊收拾不了消極慽慘。某晚，西條夢見自己朝思暮想的死去女兒，背胛伸長翅膀，成為了小天使，可羽毛卻濕潸潸的哩。他訝異察看，只聽女兒哆聲哀求道，「爸爸呀爸爸呀，您不要哭、不要再哭了，您的眼淚讓我的翅膀滲水，變得好重好重，重到我都飛不起來了啦，爸爸、爸爸，您千萬不要再哭了呀……」西條醒悟，趕緊去扯拿臉巾，擦拭猶存眼眶溜轉的淚水。

無論生生、生死、死生、死死，彼我之間，別離即惘然。遺忘，是最善好的祝福。

——二〇一二年二月二十九日人間副刊，刊載篇名〈送行者及其他〉

簡白

唸的是日文，做的是編輯，曾任人間副刊主編。

文字風景

余德慧開設了國內第一門「生死學」課程，他說道：「我們在世的繁華有多少操心？多少遮蔽？……。於是向死而生，因瀕臨之心而行於生死學的修行之路，在生活中既認真又不認真，遊戲而又自然，了悟生寄死歸，死亡也是一種存在。」簡白這篇散文中，翔實記錄《納棺夫日記》這本書與《送行者》這部電影的因緣關連。並且從書與電影汲取生死奧義，進一步觸碰死亡的本質，以及超脫的可能。

簡白在剖析文學與電影的關連時，旁涉許多宗教知識。藉著這些宗教典故，不斷理清生死存滅的意義。逝者已矣，活著的人可以做些什麼？直視死亡的況味，簡白以為：

「無論生生、生死、死生、死死，彼我之間，別離即惘然。遺忘，是最善好的祝福。」

然而我們或許要困惑，遺忘如何能是最善好的祝福？我是這麼揣測的——遺忘之所以能夠成為最善好的祝福，不是全然不記得，而是能夠放下了。

學習去愛和自己不一樣的人

楊照

前些年過世的法國哲學家德希達 (Jacques Derrida) 曾經出版過一本題名為《博愛政治學》(*The Politics of Friendship*) 的書，這個書名很難貼切地翻譯成中文，只好多費點篇幅解釋一下。

德希達要處理的，是法國大革命最響亮的三個訴求中的一項。法文原文中，這三個口號是「Liberté! Egalité! Fraternité!」我們一般在歷史書中將之翻譯為「自由、平等、博愛」。法文中「Fraternité」原義是兄弟手足情感的意思，換句話說，大革命熱情地追求讓所有人都能去除人際藩籬，所有人像兄弟一般，不只和平相處，而且真誠相愛。

作為一個理想，「Fraternité」有什麼不好？好極了，如果一個社會，大家都能如同家人般相親相愛，那不就是人間天堂了嗎？

可是德希達卻對這樣一個高蹈且高貴的理想，感到惴惴不安。他在《博愛政治學》書中，追溯西方哲學歷程，追到了一個根深柢固的思想模式，那就是西方哲學一貫致力於要將個人解釋為完整、和諧的存在。

西方哲學的努力及其最大的成就，正在於以思考來解決人存在上種種異質，甚至矛盾的成分。哲學解釋世界，而在出發去解釋世界之前，要先解釋自己。在西方哲學的傳統架構中，我們要先找到一個完整、和諧、一致的自我作為主體，才能以此主體為基礎，去認識、理解外在世界。

德希達在這樣的思想前提中，看到了麻煩。人先想像自己是和諧、一致，人建構了自己的身份（identity，也就是「認同」，使一切同一的意思），就很容易以這樣的想像形象對待外界，要求我們所處的世界。

是博愛或是狹愛

於是我們對世界的愛，其實只能是對自己的愛。在德希達看來，「Fraternite」當然不是「博愛」，而是「狹愛」，我們要愛這個世界，先得想像整個世界消除了差異，每個人都跟我一樣，至少跟我的家人一樣。

法國大革命宣揚「博愛」，可是這個「博愛」其實是有嚴格限制的。要為我所愛，先得要變得和我相似，和我的家人相似。

以家人兄弟來當愛的標準，反過來看，也就將與我不相似的異質成分排除在外。我們理直氣壯，一方面愛與自己相似的人，一方面激烈地將與自己不一樣的人，排除在愛的範圍之外，甚至推到「恨」的對面上去。

德希達要指出的是：「博愛」這個理想，落在事實上，非但不是讓每個人都自然地變成兄弟，反而是讓每個人都霸道地要求別人變成自己的兄弟，對於與自己不同，不能成為兄弟的人，就公然歧視、殘暴對待。這才能解釋為什麼法國大革命不是一場愛的喜劇，卻成了血腥屠殺的大悲劇。

這也解釋德希達眼中看到的西方政治最大的問題——「不寬容」。這又何嘗不能拿來解釋臺灣今日政治上最大的問題呢？

我們沒有經歷西方哲學的思考，可是我們卻展現了那麼相似於德希達警告的現象。「認同」問題在臺灣如此嚴重，因為許多人將「認同」無限上綱。他們想像的「認同」，其實不只是選擇歸屬於一個國家，願意和一個社會同甘共苦，而是要別人都跟他們一模一樣。跟他們有一樣的政治立場，喜歡一樣的人、討厭一樣的東西，為同樣的歷史事件悲憤痛苦。

這樣的「認同」太沉重了，沉重到「認同」反而製造了分裂。當「認同」升高至每個人都得像家人一樣，霸道地要泯除一切差異時，「認同」就不再是愛的出發點，而成了「恨」的溫床。

破除我執的佛家哲學

這個時候，讓人格外珍惜與西方哲學走在不同道路的佛家哲學。尤其是佛教破除「我執」的概念。「我」根本就只是許多相異因緣的湊合，哪有什麼本性？沒有本性就是沒有本質，如果連「我」都沒有本質，都是一團雜質，換個角度看，一團雜質都能形構成「我」，那我們有什麼道理，有什麼必要去追求社會應該是同質、一致的呢？

不從一個本質性的自我出發，而從具有高度偶然性的因緣去理解社會與世界，我們不就能開闊地接受別人的異質性，在最大的異質中都還能創造出真愛？

愛兄弟、愛家人、不會是「博愛」；只有愛和自己完全不同的人，甚至自己不能理解的人，我們才真心進入「博愛」，也才有辦法、有資格組合一個和諧、安樂的社會。

——《如何做一個正直的人02：面對未來的五十個關鍵字》，本事文化

楊照

本名李明駿，一九六三年生，臺灣大學歷史系畢業，美國哈佛大學博士候選人。曾任民進黨國際事務部主任、《明日報》總主筆、遠流出版公司編輯部製作總監、臺北藝術大學兼任講師、《新新聞》週報總編輯及副社長、東森ETFM聯播網「週末大人物」主持人等職，現為新匯流基金會董事長。他擅長從時事或現象中反映「文化」與「人」的問題；從字裡行間尋找經常被忽略的細節，及其所反映的文化線索與特質。筆觸俐落又不失幽默，準確刺中問題核心，然而他對文學、歷史、音樂與美食的愛好，更使他的文字充滿詩意與浪漫的光采。著有長篇小說《吹薩克斯風的革命者》、《大愛》、《暗巷迷夜》，中短篇小說集《星星的末裔》、《紅顏》、《往事追憶錄》、《背過身的瞬間》等，散文《為了詩》、*Cafe Monday*、《迷路的詩》、《尋路青春》等，以及文學文化評論集《我的二十一世紀》、《在閱讀的密林中》、《面對未來最重要的50個觀念》、《如何做一個正直的人》等。

文字風景

讀書，是為了啟蒙。走出生命原初的混沌蒙昧，理解自身存在的處境，從知識中獲得智慧，這樣的閱讀與學習，才能帶給我們真實的啟發。如果只是坐擁知識，困居思想的象牙塔中，甚至是惟知求技術以謀生，輾轉沉淪於衣食溫飽之間，不能通往精神的超越之境，這樣有所缺損的生命，終究是一種遺憾。

歷史學者出身的作者，以廣博的閱讀與充沛的知識，重新審視了臺灣人民這數十年來所面臨的認同困境。他援引法國哲學家德希達的著作，直指以博愛為口號的認同，內裡懷藏的其實是對於非我族類的不寬容：因為不能寬容，無盡的血腥殺戮便由此而生。對照臺灣的政治現況，令人不能不心生唏噓。

結尾提出佛家哲學作為一種可能的解答。佛法所謂的眾生平等，其實來自於世間萬物共通的本性：偶然性。因為偶然，所以不可能有完全一樣的兩個個體。如果萬物皆無相同，那麼所謂的「認同」，就只能是人們心中的執著。破除掉這種執著，才能說是真正的博愛，也就是佛家所講的「無緣大慈，同體大悲」的慈悲之心了。

本文提示了我們，古人說的「博學、審問、慎思、明辨」絕非空言虛談。學思並重，文章才能有真實動人的力量，可以啟發讀者，改變社會。所以說「文章經國之大業，不朽之盛事」，道理就在這裡了。

教育及其不滿

王道還

我們熟悉的孔雀有兩種，分別是印度、中南半島的原生鳥類。雄鳥燦爛的尾羽，要三年才能發育完成；然後每年都會脫羽，再重新長出。因此蒐集孔雀翎並不難。透過商人，自古見過孔雀翎的人，大多沒見過本尊。孔雀翎在地中海世界中的流通，還反映在羅馬神話中。原來孔雀翎上的眼睛，是妒婦的作品：她用來看管小三的。

可是達爾文卻瞧不得孔雀翎。他坦白承認，不管什麼時候，他一見著就覺得噁心。倒不是他做賊心虛，而是雄孔雀的尾巴威脅到他解釋生物演化的天擇理論：達爾文想不出那麼華麗的尾羽有什麼用。天擇理論可以解釋任何有利於生存競爭的裝備。而成年雄孔雀的尾巴笨重又累贅，不利於藏身，也不利於避敵。

最後達爾文以「性擇」解釋雄孔雀為什麼會演化出那樣的尾巴：吸引雌鳥。畢竟生命的意義在創造宇宙繼起的生命。現在已有堅實的觀察與實驗證據：雌鳥的確偏愛尾羽巨大的雄鳥。至於雌鳥究竟圖的什麼，學界還沒有共識。達爾文當年是以雌鳥的審美觀云云，一筆帶過。

一開始學界對性擇理論非常冷淡。因為對於動物行為，以「審美觀」之類的人文觀念解釋，是禁忌。一方面，子非魚，安知魚之樂？另一方面，難免想當然耳之嫌。直到二十世紀中，學界才開始重新評估性擇理論；現在已是當紅的兩性關係研究方略，揭露了動物界許多教人匪夷所思的兩性鬥爭手段。

更有趣的發展，是美國康乃爾大學經濟學講座教授法蘭克(Robert H. Frank)的演繹。法蘭克指出：在自由競爭的情境中，他人的行為會影響我們的決定，我們會因而喪失自由(注)。要是雌孔雀偏愛巨大的尾巴，沒有巨大尾巴的雄孔雀就自動出局。要是大家都想搬入好的學區，讓孩子上好的學校，房價就會上漲。於是家長必須為賺更高的薪資而冒風險，因為薪資與風險相關。可是房子的數量有限、學校招生額也有限，如此這般之後，房價漲了、許多人的工作風險也升高了，送孩子進好學校的心願還是無法實現。

同樣的邏輯，可以解釋教改為什麼遭到那麼多批評。例如許多人想上臺大醫科；臺大醫科只錄取一百人。為了上臺大醫科，就必須考進前一百名。想考上的人越多，必須付出的代價越大，例如犧牲休閒、睡眠時間。更糟的是，考試受限於課綱，考生準備時只能畫地自限。而為了分出考生高下，題目可能還得刁鑽冷僻。在這種情境中出人頭地的學生，不但浪費青春，甚至可能養成不適於在大學中學習的習慣。不過這些是後話。總而言之，大學入學方案無論是一元（如過去的聯考），還是多元，結果一樣。大家認為多元方案使得孩子的負擔更重，除了同樣的邏輯作祟外，還拜社會經濟條件改善之賜：有能力負擔補習費的人增加了，激勵了補教業的發展。於是本來不想補習的人產生焦慮，因而加入補習。

法蘭克從性擇理論演繹出的教訓是：個體利益與群體利益往往扞格不入；自由競爭、理性選擇、資訊充分等條件，未必會導致有利於公眾的結果；看不見的手並不總是促進公益。

其實，關於教改，真正的問題可能是：我們憑什麼相信教改能改變什麼？芬蘭的高中生，有四成以上念的是職校。芬蘭能，我們不能。因為芬蘭人民有高額的稅負，享有完善的社會福利，念不念大學對於人生品質沒有太大影響。

搞教改，是柿子挑軟的吃。

注：*The Darwin Economy: Liberty, Competition, and the Common Good*, by Robert H. Frank, Princeton University Press (2011).

——二〇一二年二月二十三日《聯合報》

王道還

一九五三年出生於臺北市。曾任中央研究院歷史語言研究所助理研究員，受過生物人類學、比較神經解剖學、演化論專業訓練。他對於「科學」的文化與社會學脈絡特別感興趣，在他筆下，人類的自然史成為思索人文意義的重要線索。故而除了撰寫學術論文外，他還翻譯了大量的人類自然史方面的著作，同時還撰寫科學專刊，向公眾普及科學知識。著有《天人之際：生物人類學筆記》、《達爾文作品選讀》，翻譯作品有《第三種黑猩猩》、《盲眼鐘錶匠》、《醫學簡史》等。並參與國科會《科學發展月刊》、《科學人》等雜誌撰寫工作。

文字風景

當今國文教育的嚴重缺口，其實是邏輯訓練不足。大考雖考作文，但命題與寫作的趨勢，多半以抒情感懷為主。即使有議論，也只限於泛論，缺少對資料的閱讀及統合分析。這或許與中學國文課本選文有關，但我認為，關鍵還是在於教學與考試引導方向有所偏差所致。考試要求標準答案的本身固然無錯，只是以此為學習的唯一目標，卻不考慮獨立思考的不同解讀，則創意只能淪為口號，而社會自然亂象紛呈。但獨立思考必須有憑有據，如何呈現思考的過程，使讀者信服，正是議論文類所要求的標準，而本文便是極佳的範例。

作者以雄孔雀尾羽演化的現象，引出達爾文提出性擇說的有趣故事，再由二十世紀對於性擇說的後續研究，延伸至經濟學對於「選擇」這件事情的看法。作者便據此切入「教改」這個論題，因為教改不僅僅是教育問題，更是一種文化與社會的現象。在作者的筆下，看似一團糾葛複雜的教改爭議，藉著跨學科、跨領域的研究所得到的理論，被破譯成一個基本的困境：無論如何改變升學的方式，都不可能減輕學生的壓力。「教改」於是不攻自破，因為它的本質就是個假議題。

但解方何在？作者認為根本的問題還是在於經濟。如果經濟繁榮，社會富裕，學歷不能成為影響生計的要件，則升學一事便還原成「對於知識學問的追求」，自然無所謂壓力的存在了。而提出教改議題，恐怕是混淆視聽之舉。

本文環環相扣，層層遞進，論述清晰有理。援引資料與理論之外，更能兼顧行文的趣味，要言不繁，值得學習。

誰的人權比較重要？

陳若璋

這不是電影情節，這發生在真實世界。

B.T.K. 站在法庭，法官問他什麼因素成為連續殺人魔，穿著橘色囚衣的 B.T.K. 遲疑一下：「這很難說明，我有美滿的家庭、愛我的太太，但似乎一陣子，我就有慾望想再嘗試殺人滋味，那凌虐綑綁帶來的刺激感似乎無法向別人解釋……」

在美國犯罪史上，自一九七四年到一九九一年間至少犯下十起殺人案，對象有成人、兒童、個人、全家，可怕的是，B.T.K. 並不是無業遊民、並非年輕氣盛，他是在社區內擔任中低主管、受人敬重的中年男子，更可怕的是，當法官問他若出獄會再犯案嗎？B.T.K. 猶豫地說：「我不知道……」

B.T.K. 是丹尼斯・瑞德給自己取的代表稱號，意思是綑綁 (bind)、虐待 (torture)、殺戮 (kill)，因他犯案都包含以上數個殘酷的元素。

這樣一個無法控制自己殺戮慾望的死囚，你願意為他廢除死刑嗎？而這樣的連續殺人魔在全球各地皆有，他們有個名稱叫做病態性格。

全國都在為應否廢除死刑爭議不休，各抒己見者皆自詡為人道主義者，但是維護誰的人權呢？

主張廢除死刑者說「任何人無權奪走別人生命」，即使是死囚之生命也應被保障，但若已知該囚犯很快要再奪去無辜他人生命時，那我們是應保障他，還是應保障那無辜人呢？到底哪一個人權比較重要呢？也許你認為我危言聳聽，囚犯怎可能再明目張膽去殺人呢？

一九八七年美國華盛頓州，Shriner 曾有綁架並姦殺兒童的紀錄，在假釋期滿前便號稱，若假釋後會繼續綁架男童、切下陰莖、棄屍林中；而假釋後，果然犯了他所描述的犯行，為補救此狀況，華盛頓州因而在一九九四年訂出高危險連續性罪犯條款，好讓高危險犯人無法輕易出獄；有些州則盡速槍決這種犯人避免更多危險產生。這種犯人不只國外有，國內也不全然陌生。

前幾年有一位檢察官，為了該如何處置一位在假釋前高調號稱仍想再犯重案的犯人，來詢問筆者意見，讓我們兩人傷透了腦筋。

人道主義者認為，受刑人皆可經由「再教育論」，教化感召來矯正其犯罪心態，有些的確可以，但無論從實際案例或研究中發現並非全然正確，如研究病態性格之知名學者Hre，前幾年來臺演講時亦提到此種受刑人其神經生理迥異於常人，他們是否能接受教化處遇而改變有所存疑。

當時，他以八分鐘紀錄片顯示，一位公認之模範犯人，在廿年感化教育後，被隱藏之閉路監視器拍到，在監獄一角將一位新進犯人殺死的畫面，眾人震驚之餘，詢問起動機，該犯人回答亦如**B.T.K.**：「我就是有殺人慾望……」而筆者之性罪犯研究亦發現，對犯案超過四次的性罪犯而言，治療非但未使其改善，還可能帶來負向的結果。

當「再教育及隔離論」並不一定保證未來不會繼續犧牲無辜人之生命，那所謂的人道主義者是應站在維護犯人的人權上，還是應著重於社會安全，維護大多數人的人權呢？這也許是由廢除死刑所引發的下一個公共討論之議題。

——二〇一〇年三月二十七日《聯合報》

陳若璋

國立臺灣師範大學教育心理系畢業、美國印第安那大學輔導諮商碩士、美國威斯康辛大學諮商心理博士、美國伊利諾州立大學實習心理學家。曾任教臺灣大學、清華大學、美國科羅拉多大學、東華大學、慈濟大學等。現任中華團體心理治療學會理事長。她從事性侵害研究與輔導工作多年，對於性侵害問題的本質、被害人工作的技巧與治療等學有專精，對臺灣性侵害防治工作的推動不遺餘力。出版作品有《性罪犯心理學：心理治療與評估》、《兒少性侵害全方位防治與輔導手冊》、《家庭暴力：防治與輔導手冊》、《家在求救：照亮家庭的黑暗角落》等。

文字風景

近年來廢死議題沸沸揚揚，除了凸顯臺灣早年司法體系因循成習，導致冤獄問題嚴重之外，也透露出臺灣人民對於民主與人權認識之不足。然而問題真正的根源，或許並不在於教育是否普及，媒體是否偏頗，而是民粹式的思考習慣根深柢固，對於社會議題習慣性地採用「化約」的方式，訴諸感性直覺與情緒宣洩，卻不能以理性深入而細微的思辨所致。

這些社會議題基本上都包含著某種兩難的處境，因為法律本身就是個最大公約數，是「通則」，必須照顧大部分人的權益。然而我們所面對的，卻總是「特例」；我們所爭論的，便是這些特例可不可以被犧牲。這其實是站在國家機器的角度所進行的思考，忽略了每一個個體經驗的獨特性，也就是「人的處境」，而這正是文學所要處理、批露與張顯的事情。

作者有多年的實務工作經驗，所舉的例子指出了獄政工作的盲點，也就是「通過教化感召是否能夠矯正犯罪心態」這件事。「再教育論」無法解釋文中的 B.T.K.、Shriner，或是那個模範犯人的再犯行為，因而也無法保障社會大眾的權益。在更有效的監督與治療的手段出現之前，死刑存廢與否，仍然挑戰著社會共同的底線，需要更多的討論與思辨。

資本主義的「時物鏈」

張小虹

還記得王家衛電影《重慶森林》裡的金城武嗎？那個失戀的年輕刑警，大街小巷瘋狂尋找五月一日過期的鳳梨罐頭，女友已棄他而去，他卻一心期盼在五月一日生日前女友會回心轉意。鏡頭前的金城武，四月三十日深夜大啖幾十罐即將過期的鳳梨罐頭後，決定開始新的城市愛情狩獵。而在王家衛另一部電影《墮落天使》裡，金城武則是在吃了一罐過期的鳳梨罐頭後，開始失語。這當然不是有關食品安全的公益廣告，而是非常王家衛式的都會偏執與符號繁衍。

但離開電影回到日常生活，「即將過期」的食品和三十九元國民便當一樣，都成為最新一波經濟不景氣中的熱門商品。此「即將過期」的「即品」自非「極品」，乃指食品保存期限低於二分之一，並以低於市價一至五折販售，網站一開張，特價限量的「即品」立即被秒殺。大環境蕭條，只要是知名品牌、食品安全無慮，退而求其「即」也不失為一種度小月的新消費態度。

這種以「即將過期」而降價求售的現象，其實早已存在各大賣場與生鮮超市，只是尚未以當下網路集結特賣的方式出現。一些善於精打細算的婆婆媽媽們，早就知道該何時何地等在一些強調新鮮不隔夜的知名生鮮超市與麵包店櫃臺，特定時間一到，放手搶購所有現場立即降價、打折出清的特價品。現今市面上的絕大多數食品，都需要清楚標明保存期限，而一旦有了保存期限，食品便成了「時品」，正式進入資本主義嚴格時間管控的「時物鏈」。這裡並不是說食物本身沒有腐壞衰敗的時間變化，而是此時間變化一旦被數字化為年月日時，時間與價格之間便出現了一種相互環扣的關係，而食品的價格也將隨保存期限的逼近而逐次降低。

若就生產模式的歷史變革而言，雇工「時間」與雇主「金錢」數量的換算方式，成就了資本主義的勞動習慣與工作紀律，那我們是否也可以說就消費模式的歷史變革而言，商品「時間」（流行不流行，過期不過期）與商品「金錢」價格的換算方式，成就了資本主義的消費刺激與時間焦慮。資本主義「時間即金錢」的穿刺無所不在，在我們的辦公室，也在我們的冰箱，幾十種滴滴答答的「時品」都在倒數計時。

而當前的「即（急）品」熱賣，不就是資本主義新一回合「搶鮮下市」的回眸一笑，表面上是削價求售，骨子裡不也是最後一刻剩餘價值的吃乾抹盡，再次貫徹資本主義強迫及時消費的時間催逼模式。但如果資本主義「搶鮮上市」能賣，「搶鮮下市」也能賣，那究竟還有什麼食品是資本主義不能賣的？沒錯，資本主義不能賣的正是過了期的食品，「過了時就一文不值」。食品的保存期限，早已被內化成中產階級高漲消費與健康意識的重要防線，舉凡各種消保單位查獲知名賣場架上陳列販售的各種過期品，或不肖廠家將過期食品重新包裝的黑心貨，或國外過期食品私下傾銷臺灣等相關報導，都不斷挑起中產消費者對此重要防線近乎歇斯底里的偏執。因而很少人會去問一個真正有趣的問題：當「過期」食品從資本主義線性「時物鏈」鬆脫之後去了哪裡？集中銷毀，員工自行處理，還是循非正式管道轉給了遊民、低收入戶或其他收容機構呢？

如果「過期」只是不能公開販售，不等於絕對「不可食」，那或許我們正可以從資本主義廢棄物的「過期食品」切入，去想像消費廢墟之外的可能風景。在德國柏林「不用錢的店」中，除了各種捐贈的家具衣物、鍋碗瓢盆外，也有義工收集附近超市下架即將過期的蔬菜水果，免費提供市民取用，以推廣反商、反金錢交易、反資本主義「以消費之名行浪費之實」的信念。英國也有一群「免費食物主義者」，專挑超市的大垃圾桶撿拾剛被丟棄的過期食品，他們早已練就一身判別食品安全好壞的功力，以環保愛地球的信念，反對過度消費與浪費，而這群身體力行者中，不乏營養學家與白領美女。不論是困於生活還是基於信念，在這些人的手中，從資本主義「時物鏈」淘汰下來的食品，終於能夠由時間即（急）金錢的「時品」，脫落成伸手俯拾可得的「拾品」。

這不禁讓人想起法國新浪潮女導演艾格妮・娃達 (Agnès Varda) 二〇〇〇年的紀錄片《艾格妮撿風景》，以米勒的名畫〈拾穗〉為詰問，用毫不矯情的鏡頭，行雲流水般的自在，沿路拍攝各種以撿拾維生或以撿拾為樂的男男女女。有窮困的吉普賽人將賣相不好、被工廠大量拋棄的馬鈴薯搬回家做主食，有吃素的生物碩士，專在休市後的市場撿菜葉吃，更有城市遊蕩者在大垃圾桶裡開心地翻箱倒櫃，讓我們看到在資本主義嚴密時間管控的催逼之外，不是廢墟與墳場，而是真實且動人的無處不風景。

——《資本主義有怪獸》，有鹿文化

張小虹

臺大外文系畢業，美國密西根大學英美文學博士，現任臺大外文系特聘教授。曾任美國加州大學柏克萊分校客座教授，美國哈佛大學與英國薩賽克斯大學訪問教授。她主要研究領域為女性主義文學、批判理論與文化研究，在學院裡做社運，在社運中研發理論概念，一手寫學術論文，一手寫文化批判，冶通俗與高蹈於一爐，以寫作作為知識／

姿勢／滋事分子的生命實踐。著有散文《自戀女人》、《絕對衣性戀》、《身體褶學》，文化評論《後現代女人：權力、慾望與性別表演》、《情慾微物論》，學術專書《性別越界：女性主義文學理論與批評》、《怪胎家庭羅曼史》等十餘種。

文字風景

文明生活的最大困境，就是對蒙蔽缺乏自覺。文明教育我們何者為是何者為非，我們便被動地接受了這樣的思維模式。我們以為自己是自由的，殊不知身在更大的繭縛之中。其中尤以資本主義對於人性的戕害最深，因為每一個個體的人都在資本主義中被異化為牟利的對象，透過種種宣傳與商業的手法，運用心理學與認知行為學的技術，使我們放棄思索，不再相信自己的判斷。本文所揭露的，正是食物商品化背後所隱含的操作。

文章從電影裡即將過期的鳳梨罐頭開始，逐步探索「過期」這兩個字的真實涵義。我們對於食物「保存期限」的認知其實極為可疑，因為保存期限並不能夠代表食物存在的真實狀態。它是一種人為附加的符號，標誌出食物作為商品的可能性，但在此可能性之外，我們並沒有正視食物的本質，我們只是一再地被教導著諸如「食品安全」、「為健康把關」等等口號。當符號與口號經由某種我們所不能明瞭的方式（資本主義商業模式）

連接在一起，資本主義最驚人也最可怕的影響——資源的浪費——也就消失在我們的視線之外了。

但資本主義所造成的危害，或許比食物過期與否要多得更多。據調查指出，太平洋上有一座面積達到臺灣的四十倍，由塑膠垃圾形成的島嶼。人類所製造的垃圾被洋流帶動，積聚在太平洋上的無風帶，對海洋生物造成嚴重的影響。大量含有重金屬的毒物因此進入海洋食物鏈，最終將會回到人類的肚腸。這難道不是資本主義強調「消費、汰舊換新」所帶來的惡果嗎？我們又豈能不加以深思呢？

少年偵探團系列

推理文學巨擘江戶川亂步經典作品——《少年偵探團》系列重磅登場！與《怪盜二十面相》正面交鋒；看《少年偵探團》勇於冒險、抽絲剝繭；跟蹤《妖怪博士》、發現重大祕密；在《大金塊》中探尋寶藏的蹤跡；與《青銅魔人》、《透明怪人》展開驚心動魄的智慧較量。再多的危機與謎團，機智的名偵探與少年偵探們總是有辦法！為孩子們寫的推理小說，跟著亂步，當個臨危不亂的小偵探！

怪盜二十面相

江戶川亂步 著　譚一珂 譯

離家十多年的羽柴壯一突然來信告知家人自己要回國，同時羽柴家收到怪盜二十面相即將來偷盜寶石的預告信。羽柴一家一方面期待許久不見的壯一回來，一方面又對怪盜二十面相的犯罪預告惴惴不安。

沒想到寶石仍舊被偷走了。羽柴家向鼎鼎大名的偵探明智小五郎尋求協助，接著竟衍生出一連串意想不到的發展。亂步以明智小五郎以及助手小林的互動，帶領讀者推理故事的情節，並給予少年小林大篇幅的描寫，兒童的機智與勇敢在作品中充分被呈現。

青青

青青書系簡介——陪伴青少年走過人生最美時光

旺盛的生命力，從翠綠出發！
給青少年最青的文學閱讀，優質、多元、有趣。
我們相信：文字開拓的無限想像，是成長的必備養分。青青書系充滿新鮮的想法、新時代的感性，以輕量閱讀讓文學變得親近可愛。但願年輕的心靈迷上字裡行間的美好，由此探尋自身、關懷世界，親自品味如歌如詩的青春。

長腳的房子

蘇菲・安德森　著　洪毓徽　譯

即使是死亡，也能啟發我們去擁抱生命。
十二歲的瑪琳卡夢想擁有平凡的生活：住在普通的房子裡，和普通人做朋友。可偏偏她的房子長了一雙雞腳，總是毫無預警地將她和祖母帶到陌生的地方。這一切都因為瑪琳卡的祖母是一名雅嘎，負責引導死後的靈魂前往另一個世界，而瑪琳卡註定要延續這份使命。年輕的瑪琳卡不願一輩子過著與死人為伍的生活，她決心扭轉自己的命運。殊不知這個決定將讓她的人生失去控制，而同時房子卻有自己的打算……

國家圖書館出版品預行編目資料

青春散文選／吳岱穎、凌性傑編著.——二版一刷.——臺北市：三民，2020
面； 公分.——（青青）

ISBN 978-957-14-6741-2（平裝）

863.55 108017575

青青

青春散文選

編著者	吳岱穎　凌性傑
總策劃	林黛嫚
發行人	劉振強
出版者	三民書局股份有限公司
地址	臺北市復興北路 386 號 (復北門市) 臺北市重慶南路一段 61 號 (重南門市)
電話	(02)25006600
網址	三民網路書店 https://www.sanmin.com.tw
出版日期	初版一刷 2013 年 5 月 二版一刷 2020 年 7 月
書籍編號	S821120
ISBN	978-957-14-6741-2

三民書局